じつは義妹《いもうと》でした。
6
～最近できた義理の弟の距離感がやたら近いわけ～
兄貴たちのお～、カッコイイとこ見てみたい！
姫野 晶
Himeno Akira
涼太の義理の妹。
兄のことが好きだが、
最近ライバルが多くてやきもき。
親友のひなたのために、
奔走します！

時にはあった、
こんな兄妹の時間……
上田ひなた
Ueda Hinata
晶と同級生で友人。
兄の光惺のことを
いつも心配している。しかし、
今回は光惺の行動に、
怒りが抑えきれず
……!?

上田光惺
Ueda Kousei
涼太と中学時代からの友人。
かつては子役として活躍していた。
役者に戻るため、
突然家を出ると
言い出して……!?

月森結菜
Tsukimori Yuina
涼太のクラスメイト。

弟たちの問題を真嶋兄妹に
解決してもらい、友人関係に。

じつはグラビアアイドル
としても活躍中！？

？

「まじ……りょ、涼太、なに読んでるの？」

「つきっ……ゆ……!?」

「それ、今回私が『出てる』雑誌だ」

「ああ、えっと、その～……」

今朝コンビニに寄ったら、雑誌コーナーで『山城みづき』（＝月森結菜）の名前が目に飛び込んできてしまい、つい興味本位で購入してしまった。

ここでまさかの御本人登場とは――

「グラビアのページ、見た？」

「へっ!? いや、結菜が出てるなんて知らなくて……！」

「ふぅん。……見るの？」

「いや、それはちょっと……あははは……」

すると結菜は頬を赤くし、編んでいないほうの横髪を撫で始めた。

「ちょっと恥ずかしいけど、涼太なら大丈夫……」

「え？　なんで？」

知らないし――」

話が繋がらないなと思ったら、

「――グラビアの私も、涼太に知ってほしい……」

よほど恥ずかしいのか声が尻すぼみになったが、たしかにそう言った。

ーーーーん!!

ハッピーエンドしか
勝たあああああ

ニャンニャン♥
あなたのハートをいただきキャット！
西山和紗
Nishiyama Kazusa
演劇部部長の
トラブルメーカー。
ひなたのために、
とある作戦を立てるが、
大変なことに……

じつは義妹《いもうと》でした。6
～最近できた義理の弟の距離感がやたら近いわけ～

白井ムク

ファンタジア文庫

3356

口絵・本文イラスト　千種みのり

contents

プロローグ

二月十四日、夜——

上田光惺《うえだこうせい》は有栖西《ありすにし》公園のベンチに腰掛けて、雨風ですっかりボロボロになったバスケットゴールを眺めていた。

彼はたまにここに来るが理由はない。

ただなんとなく足が向いて、気づけばボーッとここで過ごすことがある。

光惺は以前この近所に住んでいた。ここは彼にとって中学時代を涼太《りょうた》と過ごした場所。

そして、そこにはもう一人、妹の記憶もあった。

ふと光惺は瞼《まぶた》を閉じた——

——……ン……ダン、ダンダン、ダンダン……

遠くからバスケットボールが弾む音がする。

眩《まぶ》しい陽差《ひざ》しが降り注ぐ中、二人の少年が汗を流しながら駆け回っていた。

その様子を一人の少女が木陰のベンチから見守っている――

『光惺、合わせろ！』

『ちょっ……！　高すぎっ……！』

光惺から見た涼太はいつも明るかった。

なにが楽しいのかいつも笑顔で、なにも考えてなさそうで――そんな単純なバスケ馬鹿だと思っていたが、不思議と気が合った。

『なにやってんの、お兄ちゃん！』

『うっせ！　涼太のパスが悪いんだっつーのっ！』

ひなたも涼太と同じように明るくてお節介焼き。そしてどういうわけか、涼太といるといつも後ろにくっついてくる。涼太のことを兄のように慕っていた。

もしかして、涼太に気があるのか？

そう思った時期もあった。

『光惺、二人で上手《うま》くなって一緒にスタメンとろうな！』

『そういう熱いの、恥ずかしいっつーの……』

『お兄ちゃん、涼太くん、がんばってね！』

三人はいつも一緒に過ごしていた。

このままずっと、この三人で大人になっていくのかな?

そのころの光惺は、漠然と、そんな風に思っていた――


――ダンダン、ダンダン……ダン……ン……


ドリブルの音がだんだん遠ざかっていく。

光惺は瞼を開けて、はぁと息をついた。白く濁ったため息は風に流れて消えていった。

――俺も前に進まなきゃな……。

そう思い直し、光惺がゆっくりと立ち上がると――


「いた! 光惺っ……!」


息を切らした涼太がこっちに向かって駆け寄ってくるのが見えた。

「ハァ……ハァ……よう」

「……うす」

涼太は大きく息を吸い込んで荒い呼吸を整える。

「はぁ～……マジで探したっつーの……」

そう聞いて、光惺は短いため息をついた。

どうして涼太が自分を探していたのか悟ったからだ。

「ひなたの件か？」

「そうだ……お前、家を出たんだろ？　しかもいきなり……」

涼太は呆《あき》れた顔をした。

「つーか、なんでスマホの電源入れてないんだよ？　ぜんぜん連絡つかないし……」

「あ……スマホ、充電切れてるわ」

真っ暗なスマホのディスプレイを見せると、涼太はいっそう呆れた顔をした。

「さっき、お前ん家《ち》に行ってきた。ひなたちゃん、泣いてたぞ……」

「それで？」

「それでって……今は晶《あきら》がそばで慰めてるよ。まあ、なんだ……いきなりすぎてパニクッたんだろうな……」

光惺はやれやれと金髪を掻《か》く。

「んな大ごとじゃねぇっつーの……」

「大ごとだろ？　ひなたちゃんからしたら……」

「置き手紙はしといた」

「あれのどこが置き手紙だ！　ったく……」

涼太は深々とため息をついた。呆れを通り越してバカバカしくなったのだろう。

そうして、先ほどの光惺と同じように、ふと古びたバスケットゴールを眺めた。

「あのゴール、まだあったんだな？　ボロボロだ……俺たちが練習してたときは新品みたいだったのにな……」

「そうだな」

「で、なんでここだったんだよ？」

「ん？」

「ほかにも行くところあったろ？　ゲーセンとか、ファミレスとか……」

光惺は少し考えてみたが、

「なんでだろうな……」

と、誰にというわけでもなく問い返した。

ただなんとなく足が向いただけ。それ以上でもそれ以下でもなく、誰かを待っていただとか、そういうわけでもない。ただ、なんとなくだった。

「……で、家を出てどこに住むんだ？」

「結城《ゆうき》桜《さくら》ノ町《ちょう》」

「ああ、結城大学の近くか」

光惺は頷《うなず》きながらズボンのポケットにかじかんだ両手をしまった。

「もうマンションは借りてあるし、家電とか家具も揃《そろ》ってる。引っ越しはほとんどできてるし……つーか、そのあたりのことは親に言ってあるって」

「家賃とか、金はどうしたんだ？」

「バイトして貯《た》めてたけど、子役時代の貯金もある。しばらくは、まあ……」

「そっか……。じゃあ、あのさ……頼みがあるんだ──」

そこから涼太は少し口をつぐんだ。言いにくいことなのかもしれない。

おおかた実家に戻れと説得してくるのだろうと光惺は身構えたのだが、

「一度、ひなたちゃんに会うだけ会ってくれないか？」

と、涼太はそう言って苦笑いを浮かべた。

「……なんで？」

「今回の件は両親に納得してもらってるんだろ？」

「まあな」

「それなら、ひなたちゃんにも向き会ってきちんと説明してほしいんだ。納得するかどうかわからないけど、それでも、頼む……」

そう言って、涼太は頭を下げた。

これにはさすがの光惺も驚きを隠せなかったが、面倒臭そうに頭を掻いた。

「なんであいつに？」

「……血を分けた兄妹《きょうだい》だから。兄貴が急にいなくなったらやっぱり寂しいんじゃないか？　もしかして、自分のせいじゃないかって理由をどこかから引っ張り出して、自分を追い詰めちゃうかもしれないし……」

光惺はため息を一つつき、お前がそれを言うなよと内心で毒づいた。出ていった母親をいまだに憎み続けているお前は、特に。

母親に出て行く理由をはっきりと伝えてほしかったのか？

いなくなって寂しいと感じたのか？

母親が出て行ったのは自分のせいかもと自分を追い詰めたのか？

母親のことを口にしただけで目の色を変えるお前が「血を分けた兄妹だから」と言い訳に使うのはそぐわない。矛盾している。

考え方が変わったのか？

あのチンチクリンと一緒に暮らすようになって――

次々に浮かんでくる言葉をぶつけてやりたかったが、なんとか自分の内に抑えた。

それにしても、どうして自分はこんなに苛立《いらだ》っているのだろう。

光惺はポケットの中で苛立ちに震える拳を握ったが、つい――

「……兄妹なんて、ただ血を分けただけの関係だろ？　血の繋《つな》がった他人だ」

そんな言葉が口を突いて出た。

途端に、涼太の顔が悲しみで歪《ゆが》んだ。

これまでの涼太の主張をそっくりそのまま口にしただけだったのに――

そこで光惺ははっとなり、涼太から目を逸《そ》らした。

涼太は自分の事情を差し置いていた。母親に対する憎しみも腹の奥底に引っ込めて、最初から光惺とひなたのことしか考えていなかったのだと気づいたのである。

今のは本当に言うべきではなかった。

妹を他人扱いする最低なやつだと思われただろうか――

それもきっと仕方がないだろうなと思いながら、光惺はもう一度涼太を見て――目を見開いた。

涼太は、さっきよりも深々と頭を下げていたのである。

「それでも、頼む……！」

「っ……！」

光惺《こうせい》の苛立ちは喉元を通って腹に落ちた。

すっと頭の熱が冷めていくと、ポケットから手を出して握っていた拳を解いた。

「大事なことは、血の繋がりより心の繋がり……それはあくまで俺自身の皮肉だ。自分の中に『あの女』の血が流れている、そんなの嫌だなって、自分ごと否定してしまいそうで……正直に言えば、お前とひなたちゃんの関係をずっと羨ましいと思っていた……」

「…………」

「でも、最近俺は前向きに考えられるようになったんだ。晶や親父《おやじ》や美由貴《みゆき》さん、演劇部のみんなや、月森《つきもり》さんや星野《ほしの》さん、いろんな人のおかげで……もちろんその中には、ひなたちゃんと光惺……お前もいる」

涼太《りょうた》の言葉を聞きながら光惺はこう思った。

涼太は先に進もうとして、進んだのだと──

「皮肉とかじゃなく、やっぱり心の繋がりが大事なんだとわかったんだ。だから頼む、ひなたちゃんと向き合って話してくれ……今ひなたちゃんが求めているのは、お前との心の繋がりなんだ。だから、頼む──」

どうして他人のためにここまでできるのだろう。

なんの得もしないのに、放っておけばいいのに。

――そうか、涼太だからか……。

それもおかしな理由だったが、妙に腑《ふ》に落ちた。

やがて光惺は大きく息を吐いて、やれやれと困ったように金髪を掻いた。

第1話「じつは上田兄妹が別の道を歩み始めまして……」

バレンタインデーということもあってか、いつもよりカップル率が高い洋風ダイニング・カノン。

その一角、俺こと真嶋《まじま》涼太がいる六人掛けのテーブルは、この場に似つかわしくないほど重々しい空気が漂っていた。

険しい表情の晶、暗い表情で俯《うつむ》くひなた、気まずい表情の俺の順で並び、ひなたの目の前にはいつもの仏頂面《ぶっちょうづら》を浮かべた光惺が座っている。三対一の組み合わせだ。

あまりにも空気が重たいせいで、事情を知らない一組のカップルが、

「なになに？　別れ話？」

「なんか修羅場っぽくね？」

と、こそこそ言いながら俺たちのテーブルの横を通り過ぎていった。

しかし、彼らが思うより事態はもっと深刻だ。

兄が妹を置いて突然家を出た。

すでに手遅れかもしれないが、今まさに兄妹が離れ離れになろうとしているのである。

「で、話ってなに？」

ぶっきらぼうにそう言った光惺には、怠《だる》さだけでなく余裕も窺《うかが》える。さっさと話を済ませて帰りたいのだろう。

すると、晶《あきら》がムッとした表情で光惺を睨《にら》んだ。

「上田《うえだ》先輩、その言い方はないと思います」

「は？」

「ひなたちゃん、さっきまでおうちで取り乱しちゃって大変だったんですよ？」

「で？」

「『で？』って……どうして急に家を出たんですかっ⁉　ひなたちゃんにきちんと事情を説明してください！」

晶の口調がいつもよりきつい。ひなたのために怒っているという感じだ。

「だから手紙を置いてったろ？」

「これのことですか――」

晶はテーブルに手紙を広げる。

「【一人暮らしする、じゃあな】って……これだけの内容じゃなにもわかりませんよ！」

「事情なら両親に言ってあるって」

「ひなたちゃんには言ってませんよね？」

「べつに、言う必要ないからな」

「必要ないって……⁉」

いよいよ晶は席から立ち上がった。

「ひなたちゃんにもきちんと事情を話すべきです！　自分勝手ですよ！」

「あっそ。つーかさ……──」

やれやれと光惺は呆《あき》れた顔で晶を見た。

「──なんでメイドの格好してんだ、お前？」

……

……………

…………………

一瞬間が空く。

晶はキョロキョロと周りを見て、ひなたを見て、俺を見て、いよいよ真っ赤になって、

何事もなかったかのように座り直した。

「い、今は、僕の格好は関係ないじゃないですかっ……！」

「まあな……」

光惺は訝《いぶか》しむように俺のほうを見る……いや、訝しむように見るなよ。俺がさせたわけじゃない、俺の趣味じゃない、と首を横に振っておく。

――しっかし……。

俺もなんだか気まずい思いをしながら、ここに至るまでのことを思い出した――

つい一時間ほど前、ひなたから電話があった。

電話口で泣きじゃくるひなたの声を聞き、俺と晶はいてもたってもいられず、コートを羽織って上田家に向かった。

その直前まで晶はメイド服を着ていて……まあ、なんやかんやあったのだが、そのなんやかんやの格好で家を出てきてしまったのである。

そんなわけで、メイド同伴で上田家に着いたときは、さすがに泣いていたひなたも、

「え？　なんでメイドさんの格好してるの？」

と、光惺と同じリアクションをしたのだが、

「き、緊急事態だったから……！」

と、晶は真っ赤になりながら言い訳した。

緊急事態でメイドの格好をして駆けつけるのは、果たしていかがなものか……。変身ヒーローもびっくりである。

直前までの状況を知らない人なら（いや、知られたくもないが）、ふざけんなと帰すところだろうが、拍子抜けしたのか、ひなたはくすっと笑って、

「晶、ブリムがずれてるよ？」

と、晶のブリムの位置を丁寧に直していた。

本当に良い子だ。もっとツッコむところがあるだろうに……。

そのあと、ひなたから大まかな事情を聞いた。

光惺は置き手紙一つ残し、そのあとは電話しても繋がらないし、ＬＩＭＥも既読がつかない。事情を知っていそうなご両親も、まだ連絡がつかないのだという。

そこで光惺に近しくて、なにかしら事情を知っているかもしれない俺に電話してきたということだった。

俺としても寝耳に水で、どうして光惺が家を出たのかわからない。わからないが、このまま放っておけそうにもなかったので、ひなたのフォローは晶に託し、俺は光惺を探しに

上田家をあとにした。

そうして、あの公園に行き着いたというわけだった。

――とまあ、つい先刻までの出来事を思い出したのだが、ここに来て、やはり晶のメイドの格好が気になり出したのは言うまでもない。

「なんかお前の格好見てたらオムライス食べたくなってきたな」

光惺が晶をイジりだした。

「萌《も》え萌えキュンとかしませんからね！」

「べつにお前には頼まねぇよ、チンチクリン」

「チンチクリンゆぅ――なぁ――っ！」

このやりとりを一生見ていたい気もするが、そろそろ本題に入りたい。ひなたもむっとした表情のままだし。

俺はゴホンと一つ咳払《せきばら》いした。

「なあ光惺、そろそろ家を出た事情を説明してくれないか？」

光惺はまた怠そうな表情を浮かべる。

「ま、一人になっていろいろ考えたかった」

「いろいろってなんだよ？」

「これからのこと」

「これから？」

「役者の勘を取り戻したいっつーか、そういうのもあって」

光惺《こうせい》がさらっと言ったために理解が追いつくのに一瞬時間がかかった。

でも、役者の勘ってことは、つまり──

「まさかお前⁉」

「じゃあお兄ちゃん⁉」

「芸能界に戻るんですか⁉」

これには意表を突かれたが、驚くのはまだ早かった。

「いや、もう戻った」

「「「えっ⁉」」」

あっさりと言われ、同時に驚く俺たち。

芸能事務所フジプロAから光惺に打診があったことは、フジプロAの敏腕マネージャーである新田亜美《にったあみ》さんから聞いていた。

しかし、まさか芸能界に復帰していたとは。

それ以前に、「嫌な思い出がある」と言っていたこいつが、いつの間にそんな決断をしていたのだろうか。相変わらず考えの読めないやつだ。

ひとまず、いつフジプロAと契約を結んだのか訊《たず》ねようとしたら、

「つっても、フジプロAじゃない」

と、またあっさりと言った。

「俺が契約したのは『メテオスタープロモーション』」

「メテオスター……？」

聞き慣れない事務所の名前に俺は首を捻《ひね》ったが、隣から「メテスタ⁉」と晶の驚く声がした。

「僕のお父さんと同じ事務所なの⁉」

「そうだ。姫野《ひめの》建《たける》さん……あの人と賭けをして負けた。で、フジプロAにするかメテスタにするかで、けっきょくメテスタにした」

光惺は淡々と説明するが、俺たちは開いた口が塞がらない。

いきなり家を出ていったと思ったら、フジプロAではない芸能事務所とすでに契約済みで、さらにそこは建さんが所属する事務所。

建さんが一枚噛《か》んでいるみたいだが、そのあたりの事情も詳しく聞きたい。

「建さんと賭けをしたってどういうことだ？　いや、その前に、そもそも建さんと前から接点があったのか？」

「いや、この前初めて話した。でもま、俺が子役やってたとき、あの人が『燿星《ようせい》』って呼ばれてたのは知ってた」

「ヨウセイ……？」

「きらきら星って意味。そこのチンチクリンの親父《おやじ》さんは、舞台をやってる役者なら知らない人はいない有名な役者だったんだ。ま、今はなんて呼ばれてるか知らねぇけど」

晶もどうやら知らなかったようで、驚いた表情をしている。

「で、たまたまお前が月森《つきもり》んとこの弟と野球をやってたのを見てたら、向こうから声をかけられた。俺が子役をやってたときのことを知ってたみたいだ」

――夏樹《なつき》の引退式か……。

俺も晶も知らなかったが、建さんと光惺が来ていて、どこからか見ていたらしい。

「で、お前が月森の弟の球を打てるかどうか賭けをした。最後の打席でお前が打つかどうか。賭けに負けたら勝ったほうの言うことを聞くって条件で。俺が負けたから役者に戻れって言われて――」

「ちょ、ちょーっとタンマ！　一回整理させてくれ！」

あのとき俺は、夏樹の球を最後の最後に打ったのだが――

「……お前、どっちに賭けたんだ？」

「打てないほう」

――う～ん……ん？　んん？

「今、なんて？」

「だから打てないほう」

「ひでぇ！　そこは友達なら打てるほうに賭けるだろ、フツー！」

「アホか……。俺は現実主義者なの。ド素人《しろうと》のお前が打てないほうに賭けてなにが悪い？　しかもお前、肘怪我《けが》してただろ？　遠目でもわかったぞ」

まあ、たしかにそれはそうなのだが……。

「そういやお前って弟と妹を間違える非現実的なやつだったな？　……チッ、逆張りしてれば良かった」

「なあ、光惺、俺たち……いや、やっぱなんでもない……」

怖くて訊《き》く勇気が出なかったが、俺たち友達だよな……？

違うと否定されると悲しくなるので俺はそこで口をつぐんだ。

すると今度は、ここまで静かに話を聞いていたひなたが「あの……」と口を開いた。

「お兄ちゃんに訊きたいことがいっぱいあるんだけど、一つだけいい？」

「なんだ？」

「どうして家を出る必要があったのか、一番の理由は……？」

それは俺も聞きたいところだ。

さっき光惺は「一人になっていろいろ考えたかった」「役者の勘を取り戻すため」と話していたが、なんだかはぐらかされたような気がしていた。

だいいち、ひなたと一緒に暮らしながらでもそれはできるはず。

どうしてわざわざ一人暮らしをする必要があるのだろうか。

「それは、お前が一番わかってるだろ？」

「え？」

「だから、お兄ちゃん離れ」

「っ……!?」

ひなたの表情が固まった。

「俺と離れたいっていうなら、このやり方が手っ取り早い。あと、俺としても都合がいい。自分のことに集中できるからな」

「………」

「ま、そういうわけで、俺は俺で役者を目指すし、お前はお前で役者を目指せばいい。ただそれだけだ」

淡々と、心ない言葉が光惺の口から流れ出る。

それが、いかにもひなたの望んでいた結果だと、互いにとって良いことなのだと言わんばかりに。

「逆に訊くけど、なんでお前はオーディション受けることにしたんだ？」

「それは、だから、私もお芝居が好きで……」

逆に質問されると思っていなかったのか、ひなたの返答はたどたどしい。

光惺は呆《あき》れたようにため息をついたあと、いっそう冷たい表情を浮かべた。

「好きで食っていけるほど甘い世界じゃないことはわかってるだろ？　子供のときのこと、忘れたのか？」

「あ、あのときはあのときだもん！　今は違うし……！」

「どう違うんだ？」

「だから、それは、だから、今は……」

うまく言葉にならないのを見て、光惺はやれやれと金髪を掻《か》いた。

「たしかにあのときとは違う。俺もお前ももう子供じゃない。兄妹《きょうだい》で子役タレントを目指す、目指したい、昔はそれで良かった。……でも、これからは違う」

「お兄ちゃん……」

「俺たちは同じ役者志望でも、それぞれ別の道を行く。ただそれだけだ」

言い方はアレだが、光惺の言っていることはわからなくもない。

芸能界は甘い世界ではないことを、子役だった光惺も、そして子役になれなかったひなたも、お互いによく知っている。

兄妹で一緒に――それはやはり難しい。それ故《ゆえ》の厳しい言葉。

自分のためでもあるが、これはひなたのためでもあると俺には聞こえた。

自称するだけあって、こいつは本当に現実主義者なのだ――

「つーわけで、ま、せいぜい頑張れ」

――ん？　光惺？　今のはさすがに余計な一言じゃ……――

「そういえばお前、困ったときは昔っから涼太《りょうた》に相談してたよな？　昔みたいに『大好きな涼太くん』に頼ったらなんとかしてもらえるんじゃないか？」

「光惺っ！　いったんその辺で止まろうかっ⁉　言い方がアレすぎるからっ！」

「つーわけで俺の邪魔だけはすんな。いいな？」

俺は恐る恐るひなたのほうを向いたのだが、わなわなと震えていたと思ったら──

「──……なんなの、その上から目線？」

ひなたはぞっとするほど冷たい目で光惺を睨《にら》んだ。

これは本気でキレたときの顔だ。

初見の晶《あきら》はギョッとして身を引き、俺は「あちゃー」と額に手を当てた。

「だいたい今涼太先輩は関係ないよね？」

「今回も巻き込んだのはお前だろ？　つーか今でも涼太のことが好きなんだろ？」

「意味を履き違えないでっ！　人間的に好きって意味だから！」

「どうだか……」

「わかったふりをしないでっ！」

──お、おおう……被害がこちらまで拡大してきたんだけど……。

とりあえず、人間的に好きと言われて嬉《うれ》しいけれども。

「の割には、クリスマス前にすげぇ悩んでたよな？　デートになに着て行こうとか」

「それは女の子として当然のことなのっ！」

「の割には、鏡に向かって笑顔の練習を――」

「それも女の子として当然のことなのぉ――――っ！」

クリスマス前のデート直前のことをわざわざ話す必要ないのに、光惺《こうせい》はどんどんバラしていく。当然ひなたは怒るが、光惺はフンとバカにしたように鼻を鳴らす。

そして俺は――ごめんな、ひなたちゃん……こんな状況なのに、俺は不謹慎にも、それはそれでちょっと嬉しいと感じてしま――はっ……⁉

ジィ――――――……

（訳：兄貴なに喜んでるの兄貴なに喜んでるの兄貴なに喜んでるの……）

晶が俺のことをものすごく見ていた。

言いたいことがものすごくよく伝わってくる。……怖い。

《どうしよう　被害が甚大《じんだい》　どうしよう》

無駄に一句詠《よ》んだところで、

「もうお兄ちゃんなんて大っ嫌い！　勝手にすればっ⁉」

　と、ひなたが言い放って立ち上がった。

「りょーかい。じゃ、そうさせてもらうわ」

「っ……！　お兄ちゃんのあんぽんたんっ！　もう知らないっ！」

　そう言い放って、ひなたは怒って出口のほうへ向かう。

「わわっ！　ちょっと待ってよっ！　ひなたちゃん！　……──」

　と、慌てて晶も追いかけた。

　さながら怒ったお嬢様をメイドが追っかけるような光景だった。

　その様子を呆れ顔で見ていた光惺は、ひなたたちが店を出ていったあと、

「あいつバカだな……」

　と、一言でまとめた。

　俺は大きなため息をついた。

「光惺……お前、わざとひなたちゃんを煽《あお》ったんだろ？」

「フン……これであいつも俺に見切りがついたろ」

「だからって、お前……はぁ〜〜〜……」

本当にため息しか出てこない。

昔からひなたはああなるとなにを言っても聞かない。光惺はそのことを知っていてあえて言ったのだろうが、引き合いに出された俺の身にもなってほしい。

いや、今はひなたのことか──

「……本当にこれで良かったのか？」

「じゃ、あとよろしくな」

「って、オォ────イ！　この丸投げはさすがにダメだろっ⁉」

「お前がひなたに会ってくれって言ったんだろ？　で、こうなった。責任はお前にもあるよな？」

「責任って、お前ってやつは……はぁあああ〜〜……」

もう本当にため息しか出てこない。

「じゃ、そろそろ帰るわ──」

光惺は真新しい財布から千円札を抜いてテーブルの上に置き、席を立って出口に向かう。

「光惺、ちょっと待てっ！」

ふと最後にとても重要なことを思い出して、俺は慌てて立ち上がった。

出口の手前で光惺を引き留める。

「……なんだよ？　まだなにか用か？」

「ああ、まだ終わってない……頼む、俺の話を聞いてくれっ！」

光惺は一つため息をついて、ポケットに手を突っ込んだ。

「なにを言っても無駄だ。決めたからな……」

「えっと、それはそれなんだが、これはこれで言いにくいんだけど……」

「は？」

俺は頭を下げた。

「すまん！　金を貸してくれ！　慌てて家を出てきたから財布を忘れたっ！」

「……お前ら兄妹、ほんとなにしに来たの？」

＊　＊　＊

会計を済ませて店を出たのは九時過ぎ。

晶たちと合流するために店の近くの公園へ向かうと、二人はベンチに腰掛けていた。

晶がひなたの手を握っている。すっかりクールダウンしているひなたを見れば、うまくなだめてくれたのだろう。

「ひなたちゃん、ごめん……なんか俺たち、余計なお節介を……」

「いえ、そんなことはありません……こちらこそすみませんでした、パニクッちゃって……お兄ちゃんを連れてきてくれてありがとうございました」

ひなたは笑顔になったが、無理をしているのは明らかだった。

「大丈夫……？」

「ええ……でも驚きました。まさかお兄ちゃんが芸能界に復帰していたなんて……」

「それは俺も驚いたよ」

「僕も。しかも僕のお父さんが関係してたなんて……」

「建《たける》さんからそのあたりの話はなかったのか？」

晶は「ぜんぜん」と首を横に振った。

「このあいだ電話で話したけど、上田《うえだ》先輩の話題はなかったよ」

言い忘れたのか、あえて言わなかったのか。

とりあえずこの件はあとで建さんに訊《たず》ねるとして、今はひなたのことだ。

「光惺は戻るつもりないみたいだけど、ひなたちゃんはこれからどうするの？」

「もうお兄ちゃんのことなんて知りません！」

ひなたはツンとした表情をしたが、

「……でも、私がお兄ちゃん離れとか言い出したせいでしょうか？」

と言って、しゅんと俯《うつむ》いた。

きまりが悪い俺と晶は互いに顔を見合わせる。

「いや、言い方はアレだったけど、けっきょく自分で決めたことみたいだったし……」

「そうそう。ひなたちゃんのせいじゃないって」

「そうなのかな……」

事態が事態だけにあまり楽観的にも考えられない。

こういうとき、なにか気の利《き》いたことを言えたらいいのだが――

すると晶が口を開いた。

「僕は、さっきのが上田先輩の本音とは思えなかったな……」

「え？　どうして……？」

「……うまく言えないけど、芸能界に戻ったことも、家を出たことも、ひなたちゃんにそのことを伝えなかったことも、本当の理由がある……そんな気がするんだ」

人並外れた晶の感受性がそう思わせただけなのかはわからない。

けれど、それについては俺も納得できた。

「本当の、理由……？」

ひなたが顔を上げた。

「ひなたちゃんのお兄ちゃん離れのために一人暮らしを始めるかな？　僕のお父さんとの賭けに負けたからって、それだけの理由で芸能界に戻るかな？　いろんな理由があってなんだろうけど、なんか引っかかって……」

「まあ、たしかに……」

ひなたのお兄ちゃん離れ。

建さんとの賭けで負けたこと。

芸能界復帰。

そして突然の一人暮らし。

この四つを結びつけるなにかが光惺の中にあると考えれば——芸能界に復帰する理由をどこかに求めていたのではないかと思ってもいい。

「お兄ちゃんは、芸能界に戻りたかったんでしょうか？」

「たぶん、そう考えるのが妥当じゃないかな」

「じゃあ一人暮らしを始めたのは……？」

「厳しいことを言ってたみたいだけど、けっきょくひなたちゃんのためじゃないかな？」

「私の、ため……？」

ひなたは急にむっとした表情になった。

——え？　俺、なんか地雷踏んだ？

「それならそうとどうしてはっきり言わないのっ！　お兄ちゃん離れするって言ったけど出て行けとは言ってない！　ああもう、勝手に辞めて、勝手に戻って、周りの気持ちも考えないで、ほんと自分勝手な人なんだからっ！」

ひなたはここにいない光惺にガチギレしている。どうしよう……。

「ま、まあ、たしかに……でも、さっきの光惺のアレはわざとだから……」

「わざとでもあの言い方はダメです！　タチが悪すぎです！　涼太《りょうた》先輩を引き合いに出すのもひどいです！」

「ま、まあ……でも、俺的にはちょっと嬉《うれ》し……はっ⁉」

ジィ——————……

(訳：へ～やっぱ嬉しかったんだへ～やっぱ嬉しかったんだへ～へ～へ～……)

「あははは……言わなくていいことってあるよねぇ……」

「そうです！　やっぱり、べつべつに暮らすのが私たちにとってはいいのかもしれません！　もう知りません、あんな人！　フン！」

そのあとは、さすがに光惺《こうせい》の話題に触れられなかった。

俺の経験上、こうなるとひなたは意固地になるし、火に油を注ぐのはよくない。

喧嘩《けんか》はしたあとの対処法が大事だと言うが、あのバカ……火をつけたなら消すことも考えておいてほしい。

＊　＊　＊

結城《ゆうき》学園前駅でひなたと別れたあと、俺と晶《あきら》は複雑な面持ちで電車に揺られていた。

バレンタインデーに浮かれたカップルたちが仲睦《むつ》まじく話しているのをぼーっと眺めていたら、ふと肩に重みがかかった。晶の頭が乗っている。

「兄貴はこのままでいいと思う？　ひなたちゃんと上田先輩が離れて暮らすの……」

「いいや、よくないと思う……」

「じゃあ、どうしよう？　僕らになにができるかな？」

「……わからん。でも、なにかしたいと思う……けど、なぁ……」

なんとかしたいと思う気持ちは、俺も晶と同じ……でも――

「今回は、相当根っこが深い。いつもみたいに首を突っ込んだら余計に拗《こじ》れそうで……」

――俺が一番懸念《けねん》しているのはそこだった。

下手に首を突っ込んだら、上田兄妹《きょうだい》のあいだにある溝が余計に深まってしまうのではないかと及び腰になっている。

「とりあえず、ひなたちゃんの様子を見てやってくれ。俺は俺で光惺を見ておくから」

「うん……」

このままではいけないし、なんとかしたい気持ちもある。

けれどこれは、とっくの昔に投げられた賽《さい》だったのかもしれない。そして今日、その目が出てしまった。結果に満足がいかないから今からもう一度振り直し、とはいかない。

本当に、これからどうしたらいいのだろうか。

暗澹《あんたん》とした気分でいたら、いつの間にか降りる駅に着いていた。

2 FEBRUARY

2月14日（月）

やらかしてしまいました……。

ひなたちゃんが大変みたいだったから、慌てて家を出たら……メイド服のまま！

泣いてたひなたちゃんが一瞬で泣き止んじゃったのは良かったけど、恥ずかしい！

ほんとごめんなさい……。

そのあと、兄貴が上田先輩を探しに行って、私は私でひなたちゃんの話を聞いていたけど、お店で四人で会うことになって……。

ひさびさに上田先輩の態度にキレちゃった！

どうしてひなたちゃんにちゃんと説明しないのか聞いたら、メイドに言われたくねえって態度で、イジってくるし！

これは標準装備じゃないんだからねっ！　特別な日のとっておきなんだから！

ひなたちゃんのためならチンチクリンって呼ばれてもいいって思ったけど、やっぱチンチクリンゆ——な——！

……でも上田先輩、ほんとなに考えてるんだろ？

自分のため？　ひなたちゃんのため？　二人のため……？

ひなたちゃんのことわざと怒らせるような言い方だったかも。いろいろ理由は言ってたけど、たぶん、上田先輩の内側の深いところに本当の理由があるんだと思う。

もし本当の理由があるなら、そこをひなたちゃんに伝えてあげてほしかったなぁ……。

昔から付き合いのある兄貴の話だと、こういうとき上田先輩になにを聞いてもムダみたい。あと、ひなたちゃんがガチギレしてるのを初めて見たから驚いたな〜……。

お兄ちゃんなんて大っ嫌いって言ってた……。

でも、なんでだろ？　可愛いって感じてしまった……。

そのあと、公園でひなたちゃんの話を聞いた。

怒ってはいたけど、そこまで嫌ってるわけでもなさそうだったし……。

学校でひなたちゃんはいつも上田先輩のことを話してるし、本当は嫌いになれないんだよね？　離れて暮らすほうがいいって、悲しすぎるよぉ……。

ひなたちゃんと上田先輩、このまま離れて暮らすことになるのかな……？

なんか、それはヤダな……。

第2話「じつは上田兄妹の問題をどうにかしたいと思いまして……」

いわゆる『バレンタインデー・クライシス』から一夜明けた、二月十五日火曜日の朝。

俺が遅刻ギリギリに教室に入るとまだ光惺の姿はなく、チャイムと同時にそのままホームルームが始まってしまった。

LIMEを送ってみたが、既読がつかないまま昼休みになった。

やっぱり今日は休みか——そう思ってスマホを見たが、光惺からの返信はない。

「真嶋《まじま》くん」

星野千夏《ほしのちか》が不安そうな表情でこちらにやってきた。

「光惺くんからなにか連絡あった？」

「いいや。この時間に来ないってことは休みじゃないかな？」

「どうしちゃったんだろ？」

「さあ……光惺に連絡してみた？」

「うん。朝LIMEを送ったんだけど、既読がつかなくて……」

そう言って、星野は不安げに視線を手元のスマホに落とす。

――俺はいいとして、星野さんに心配かけるなよ……。

ダメ元で光惺に電話をかけてみる――と、案外すんなり電話に出た。

『なに？』

「なにじゃないって。お前、今どこにいんの？」

『実家』

「えっと、なんで？」

『服とか諸々《もろもろ》取りに』

ひなたと顔を合わせたくないからこのタイミングなのかと思った。

『いちおう学校には欠席って連絡済み。引っ越しの続きとか諸々しないとなんねぇし』

「そうか」

『じゃ、忙しいからもう切るわ――』

電話が切れたあと、俺は苦笑いで星野に大丈夫そうだと伝える。

「なんか忙しいみたい」

「忙しいって、なんで？」

ある程度事情を知っている身としては、星野に伝えるかどうか多少悩んだが、

「まあ、夜には落ち着くだろうから電話してみたら？」

と、軽い感じで済ませておいた。

するとそこに、月森結菜《つきもりゆいな》が涼しげな表情を浮かべてやってきた。

「まじ……りょ……」

そして途端に真っ赤になった。……今、名字で呼ぶか名前で呼ぶかで絶対迷ったな。

「……涼太くん、千夏となんの話？」

「ああ、光惺が休んだ件を話してたんだ」

「そう」

「月も……えっと、結菜さんも俺になにか用？」

「用がなかったら話しかけたらダメ？」

「いや、そんなことないよ……」

なんだか会話がしっくりこない。おそらく互いの呼び方が原因だろう。

勉強会を通じて話すようになって約四ヶ月──

これまでお互いに「真嶋くん」「月森さん」と呼び合っていたが、先日、ついに友達まで昇格し、結菜が下の名前で呼び合おうと提案したのだ。

しかし、これがどうにも難しい。

慣れないせいで、いまだに名字で呼びそうになる。

するると、結菜はほんのちょっとだけむくれる。弟の夏樹《なつき》や妹の若葉《わかば》は呼び捨てなのに、どうして自分だけ名字で呼ぶのかと。仲間外れにされている気分なのだろうか。

「あの……『さん』を付けなくていいよ。呼び捨てで大丈夫」

「じゃあ俺も『くん』を付けなくて大丈夫」

そう言うと、結菜は落ち着きなく横髪を撫《な》で始める。緊張しているときの癖だ。

「じゃあ……──涼太……」

結菜は俺の名前をぽつりと呟《つぶや》くように言って、照れて顔を赤くした。

なんでだろう、俺もすごく恥ずかしくなってきた。

「涼太……」

「どうした結菜？」

「れ、練習……」

「練習？」

結菜は照れた顔のままコクンと頷《うなず》く。

「『くん』を付けないと、変な感じ……」

「まあ、たしかに……まだ慣れないからかな？」

「じゃあ、早く慣れるべきかも……なんだか恥ずかしくて……」

「って、ちょ────っと待とうか二人とも！」

急によく知っている声がしたと思ったら、いつの間にか晶がいた──いや、いるはずがない。ここは二年の教室だ。でも、いる。

「晶っ……⁉　お前、なんでここにっ……⁉」

「兄貴、集合して」

「はい……」

集合をかけられた。

しぶしぶ晶のあとに続いて廊下に出たが、晶はなぜか大変ご立腹のご様子。

今日はどんな理由で叱られるのだろう。

「兄貴、友達ってなにか知ってる？」

「知ってます……いちおう、はい……」

「月森先輩とは友達って言ってたよね？　もう呼び捨て？　いつから呼び捨て？」

「いや、まあ、それは今日からで……」

晶はむっとした。

「早くない？　そしてなにデレデレしてんの？」

「してないしてない……」

「名前を呼ばれてキュンキュンしてたよね？」

「してないしてない……」

あれはデレというより照れのほうだ。それにキュンというよりギュン。

だから嘘《うそ》はついていない──が、晶のほうはまだ不服そうだ。

「いい雰囲気になってたし……」

「なってないって……」

「まあでも、兄貴は最後には僕のところに来るからいっか～」

「そうだ、最後に晶のところに……って、オイ……！」

さらっと正妻みたいなことを言いやがって。

周りの目を気にしつつ、晶を見るとニヤニヤしている。

「……というか、どうして二年の教室に来たんだ？」

「ひなたちゃんの件。朝からの様子、兄貴に伝えておこうと思って」

「そっか……あ！　ならちょうどいい。星野さんと結《ゆい》……月森さんにも兄妹喧嘩《げんか》があったことだけ伝えておこう」

「どうして？」

「協力者になってくれそうだから。月森さんは光惺《こうせい》と同じ事務所だし、星野さんは……まあ、光惺の心配をしてくれる人だから、なにかあればいろいろ聞けそうだし」

「そうだね。わかった」

＊＊＊

そのあと俺と晶《あきら》は結菜と星野を連れて演劇部の部室に移動した。

西山《にしやま》たちが使っていなかったのでちょうど空いていた。

「星野さんは晶と話すのは初めてだったたね？　紹介するよ。俺の義妹《いもうと》の晶」

「どうも、晶です……」

初対面で緊張気味なのか、晶は少しぎこちなく頭を下げる。

すると、星野はにこっと笑顔を浮かべた。

「星野千夏だよ。よろしくね、晶ちゃん」

「はい、よろしくお願いします……」

「可愛《かわい》いぃーっ！　晶ちゃん可愛いね～！」

星野が急にテンションのギアをマックスに上げると、晶はビクッと跳ね上がった。

「ショートが似合うっていいなぁ～！　お肌も綺麗《きれい》だしすっごく羨ましぃ～！」

「え⁉　あの、その、そんなことないです……」

褒められて照れ臭くなったのか、晶はすっかり「借りてきた猫モード」になって俺の陰に隠れた。この手のテンションにはまだまだついていけないらしい。

そんな晶の様子を見て、そっと結菜が話しかける。

「それで、晶ちゃんからの話って？」

晶は口ごもりながら少し声を落として言う。

「あの、えっと……ひなたちゃんの件です……」

すると星野も興味を示した。

「ひなたちゃんって、光惺くんの妹さんの？　なにかあったの？」

「あの、えっと……兄貴ぃ……」

晶はすがるような目で俺を見る。

とりあえず晶とひなたが同じクラスで友達同士、同じ演劇部だということを伝えた上で、

光惺と兄妹《きょうだい》喧嘩中だということを伝え――

「――まあ、あの二人は昔からちょくちょく口喧嘩みたいなのをしてたんだけど、今回はちょっと難しいっていうか……だから、もし光惺がひなたちゃんの話をしたら、それとなく俺にも教えてほしいんだ」

星野はうーんと首を傾《かし》げる。

「光惺くんの口からひなたちゃんのこと聞いたことないんだよねー……」

「まあ、もし出たらで……。晶、ひなたちゃんは教室だとどんな様子？」

「やっぱり元気ないよ。クラスの子と話してても、なんか無理して笑ってる感じで……」

――まあ、そりゃそうか。昨日の今日だし……。

「ひなたちゃんに、なんて声をかけたらいいのかな？」

「今はそっとしておいたほうがいいかもなー……」

星野《ほしの》が「そういえば」と話に加わる。

「真嶋《まじま》くんって、ひなたちゃんとも仲が良いよね。ほら、クリスマス前にショッピングモールで私と結菜と会った日」

「ああ、俺がひなたちゃんと出かけた日のことか」

それとなく結菜を見ると、若干気まずそうに顔を赤らめて、横髪をいじいじしている。

俺に渡すクリスマスプレゼントを間違えたときのことを思い出したのだろう。

「昔から上田《うえだ》兄妹とは仲が良いんだよ。三人で過ごすことが多かったし、晶がうちに来てからは四人でクリスマス会とかやったな」

「僕とひなたちゃんでサンタコスとかしたよね」

「俺と光惺はトナカイだったたな。そういや光惺のやつ、頭にトナカイの角を生やして恥ずかしそうにしてたっけ」

晶と俺が楽しそうに話しているのを見て、星野が羨ましそうな顔をする。

「いいなぁ、そういうの。兄妹同士っていうか、家族ぐるみで仲が良くて」

言われてみればたしかにそうかもしれない。

そういう内輪ノリというか、家族ぐるみの付き合いで、俺たちはこれまでずっと一緒に過ごしてきた。

「まあでも、考えてみればほんと不思議だよ」

「なにが？」

「ほら、星野さんも知っての通り、光惺ってあんまり自分のこと話さないから。俺と本当に仲が良いかどうかわからないっていうか……仲は悪くないって感じかな？」

「でも、友達なんだよね？」

「……たぶん？　いちおう？」

昨日その自信が揺らぐようなことがあったばかりなので、正直今は自信がない。

それから俺は、今までさんざん上田兄妹に世話になったことも話した。

「――て感じで、うちはもともと父子家庭で一人っ子だったし、親父《おやじ》も仕事が忙しいからさ。クリスマスとかそういうイベントがあるときは、よく三人で過ごしてたんだ」

「光惺くんたち、本当に良い人たちなんだよね……」

星野はふと表情を暗くする。

「それなのに、光惺くんのあの噂《うわさ》は、なんで……」

つい漏れ出てしまった星野の呟きに、晶と結菜《ゆいな》が「噂？」と首を傾げる。

ただ一人、俺だけは光惺の噂と聞いて思い当たる節があった。

「それって、中学時代の光惺の？」

「あ、うん……」

星野は気まずそうな顔をして口をつぐんだ。

「兄貴、上田先輩の噂ってなに？」

「ああ、えっと……」

晶と同じように、結菜も俺の顔を見る。

この二人は光惺の噂について知らないようだ。俺としては、あまりこの話題は口に出したくなかったのだが、もしかするとこの二人もそのうち耳にするかもしれない。

光惺がこれから芸能人として目立つようになったら、いろんな噂がついて回るだろう。

今のうちに噂の真偽をこの三人に伝えておくべきかもしれない。

「噂っていうのは、光惺が中学時代に起こした事件のことだよ」

星野はやっぱりという顔だったが、それでも信じたくはなかったと見えて、いっそう悲しい表情で俯《うつむ》いた。晶も暗い表情を浮かべる。

「事件？　どんな……？」

「俺たちが中一のとき、一人で二年の教室に乗り込んで大暴れしたんだ……」

晶が「えっ⁉」と驚いた。

結菜だけは、至極冷静に俺の言葉に耳を傾けていた。

「事実と噂では食い違うところがあるの？」

「……たぶん。俺もその噂を聞いたことがあるから、本質的な部分で違うかな……」

星野の顔が上がる。

「真嶋くん、お願い！　聞かせて！」

「……最初に言っておくと、光惺の事件は俺も原因の一つで、けっきょく最悪の結果になったんだ。だから、なかなか上手《うま》く話せないんだけど……──」

＊＊＊

──中一の冬、俺はバスケの県選抜選手になったんだ。

県の代表選手はうちの中学から二名。俺と、もう一人は二年の先輩。

結論から言うと、それが原因で起こった事件なんだ。

今にして思えば、俺たちのいた中学のバスケ部は変わっていたと思う。

上下関係というか、カースト制というか……とにかく、三年が一番偉くて、二年が二番目で、一年が序列最下位って感じ。

さすがに奴隷とまではいかないけど、一年はいろいろ押し付けられることが多かったんだ。特に三年が抜けてから、二年がきつくってさ……。

だから、県選抜に俺が選ばれたのは、選ばれなかった先輩たちからするとよほど腹が立ったんだろうな。ほかの二年を差し置いて、俺が選ばれたことになったわけだから……。

調子に乗るなって感じで、俺への風当たりが一気にきつくなった。

県選抜チームで練習してるから、学校で練習する必要はないだろって言われたこともある。顧問の先生がいないときはボール拾いぐらいしかさせてもらえなかったな……。

べつに俺は二年の先輩たちがそんな感じでも平気だった。

そんなもんだろって。

でも、せっかく県選抜になったからには頑張らないとなって思って、学校帰りに公園のバスケットゴールで自主練してたんだ。

寒い寒い言いながらも光惺が付き合ってくれたのは嬉《うれ》しかったな……。

自主練を始めてから二週間ぐらいして雪が降り始めた。

さすがに外で練習するのもきつくなってきた。

——光惺が事件を起こしたのはそんなときだった。

といっても、あいつは最初から事件を起こすつもりなんてなかったんだ。

本当はその逆……逆だったんだよ。

あいつ、二年の先輩たちのところに一人で行って、俺のために頭を下げてくれたんだ。

涼太《りょうた》に、みんなと同じように練習させてやってほしいって……。

でも、先輩たちはなにか光惺の気に障《さわ》ることを言ったみたいでカチンときたらしい。

それで、二年生数人相手に、あいつ一人で殴りかかったんだ。

ちょうどそのとき俺は、県選抜の練習中でべつの場所にいて、その件を知ったのは練習から帰ってきたあと。顧問の先生と担任がうちに家庭訪問に来て知ったんだ。

親父や先生たちに訊《き》かれても、俺にとっては寝耳に水で、事情はなんとなくしか答えられなくて、とりあえず俺が先輩たちからされていたことだけ話しておいた。

それにしても、光惺《こうせい》はどうしてそんなことを？

自主練に付き合ってくれてたし、他人に無関心なだけじゃないってことはなんとなくわかってた。むしろ、俺のためにプライドを押し殺して頭を下げてくれたのは、本当にありがたいし、良いやつだとも思った。

でも、俺のために先輩たちに殴りかかったことだけはどうしても解《げ》せない。

俺はなにをされても平気だってあいつに言っていたし、嬉しくなかった。

あのときの俺は、あいつの行動が理解できなかったんだ。

俺のためだったとしても、暴力を振るってほしくなかった。

光惺の両親やひなたちゃん……あいつを心配する全員が悲しむから。

それで事件の次の日に光惺に理由を訊いてみたんだ。

「べつに。なんかムカついたから」

あいつはそう言って、まともに理由は話してくれなかったな……。

結果的に、光惺のやったことは全校に広まっていった。

でも『友達のため』じゃなくて、『キレたらなにするかわからないやつ』って悪い噂のほうが先行してどんどん広まっていったんだ。

しかも噂には尾ひれがついた――

『他校の生徒と喧嘩《けんか》する危ないやつ』

『女子には手当たり次第手を出すひどいやつ』

――そういう根も葉もない噂が……。

星野さんが聞いた噂も――やっぱりそうか……。

そんな事実はないから安心して。

それで、その事件のあと、幸か不幸か先生たちが動き出した。

保護者会も開かれて、バスケ部内のカースト制みたいな上下関係がなくなったんだ。

顧問の先生も代わったし、中二から中三はまともにバスケができたよ。

俺たちの代は後輩を大事にしようって決めて、学年関係なく仲良くなれたし、今もそうなんじゃないかな。

でも、大きなしこりが残ってしまった。

けっきょく、光惺が一人で悪い噂や重荷を背負う羽目になったんだから……――

＊＊＊

「──噂の真相はこんな感じ」

　話し終わると、晶《あきら》と星野《ほしの》は、悲しいような、いたたまれないような、そういう複雑な顔で俯いていた。なにも言葉が見つからない、そんな様子だ。

　一人、結菜は顎に手を置いてずっと考え事をしていたが、ふと俺と視線を合わせる。

「その噂、今もあるの？」

「まあ、高校に入ってだいぶ収まったと思ってたけど」

「そう……」

　吐息に似た声で言ったあと、結菜は再び難しい顔で考え込む。

「星野さんはどこで光惺の噂を聞いたの？」

「真嶋《まじま》くんと光惺くんと同じ中学の人から。去年の今ごろかな？」

「そっか……」

「もちろん噂だし信じてないよ？　でも、光惺くんって先輩たちにも強気でいくし、実際のところどうなのかなーって思って……」

話しながらだんだん萎《しぼ》んでいった星野は、途中で一つ大きなため息を挟んだ。

「でも、それってけっきょく、噂を信じちゃったのと一緒か……。最初は光惺くんのこと、怖い人だと思ってたし……」

星野は膝の上で拳をキュッと握った。一端でも噂を信じた自分を恥じているのだろう。

そういう優しい人だから、俺はこの噂の真偽を伝えておきたかった。

「ここにいるみんなはわかってくれると思う。だから、もし光惺の噂を聞いたら無視するか否定してほしい。事件を起こしたのは事実でも、真相は……あいつは噂通りのやつじゃないから……」

星野は申し訳なさそうに顔を上げる。

「ごめんね。光惺くんのことを聞くつもりで、真嶋くんに嫌なことを思い出させちゃったね……」

「俺はべつに……それよりも光惺のことをわかってもらえれば」

「うん……」

星野が再び俯くと、晶が納得したようにそっと口を開く。

「上田《うえだ》先輩がどうして人を遠ざけたがるかわかったかも」

「なんだ？」

「事件の噂に周りの人たちを巻き込みたくなかったからじゃない？」

「……そうかもな」

実際のところはわからない。けれど、今までを振り返ってみれば、俺がそばにいないとき、光惺はずっと一人でいたように思う。

本来ならリア充グループにいてもおかしくなさそうなのに、あいつはそういう人間と関わろうとしない。やたらモテるくせに女子からの告白は「怠《だる》い」と言って断っていた。

そうしてこれまでずっと、無気力で、怠惰で、割とひどい姿を周りに見せてきた。それがわざとかと言われれば、たしかに納得する節がある。

一方で、バイトに対しては、こつこつと真面目に励んでいたのも知っている。

引っ越しや仕分け作業……接客は怠いからと言って、なるべく人と接することが少ないバイトばかりを好んでやっていた。

学校の内と外で、オンとオフが切り替わるように。

良くも悪くも光惺は徹底してきたのだ。

星野や結菜《ゆいな》と関わるようになって、クラスでも表情は穏やかになってきたけれど——いや、でも、だったら……。

そう考えたら、今回の件はとてもあいつらしくないと思う。

芸能界に戻る……それは今までとは真逆の、自分から目立つようなことだ。

――どうして今さら？　これまで徹底してきたのに……。

ふと結菜のほうを見た。やはり彼女はずっとなにかを考え込んでいる。

「結菜、どうした？」

「……さっきの話、どこか引っかかるの」

「どこが引っかかるんだ？」

結菜は少し考えたあと、首を横に振った。

「……わからない。私たちがここで考えても仕方がないことかも」

「そっか……」

「ひとまず、上田くんの噂《うわさ》についてわかったけれど……」

結菜は晶のほうを向いた。

「今はひなたちゃんの様子が気になる。上田くんとの関係は、本当に大丈夫なの？」

「正直、今回は難しいです……」

「そう……。どちらかが謝れば解決する問題なの？」

再び結菜が訊《たず》ねると、晶はまた難しそうな顔で首を横に振る。

「良いとか悪いとか、そういう感じでもなさそうです……」

「なにかいざこざがあった二人の関係を修復する、そういう認識でいいの？」

「はい、たぶん……」

晶は自信なさげにそう言うと、そこでちょうど予鈴が鳴った。

「教室戻らないといけませんね」

まだ話し足りなかったが、俺たちは立ち上がって扉のほうに向かう。

すると、星野が足を止めて「あの」と口を開いた。

「私にもなにかできることないかな？　光惺くんと、ひなたちゃんのために」

俺と晶は顔を見合わせ、眉をひそめる。

たぶん俺たちが考えていることは一緒だった。

星野が上田兄妹《きょうだい》のあいだに割って入るのは、今回は控えたほうがいいかもしれない。

「上田兄妹《あのニ人》のことは、俺と晶に任せてくれないかな？」

「でも……」

「星野さんが心配なのはわかるけど、できれば俺たちに……」

「……わかった」

星野はそう言ったが、納得した顔はしていない。

俺が星野の立場なら……やっぱり、納得していないかもしれない。

2 FEBRUARY

2月15日（火）

やっぱりひなたちゃん、朝から元気がなかった……。

昨日のことはやっぱりショックだったみたいで、でも元気なふりをするから
こっちが心配になっちゃった……。

そのことを相談しようと昼休みに兄貴のところに行ったんだが……ん？

兄貴と月森先輩がイイ感じの雰囲気になっていたんだが……ん？

お互いに名前呼びになっていたんだが……ん？　ん？　ん!?

昨日あれだけ大変なことがあったのに、兄貴め……
月森先輩とデレデレキュンキュンしてた！　まったく、油断も隙もない……！

まあ、それはいいとして……。

今日初めて星野先輩と話した！　花音祭のとき、兄貴と上田先輩の衣装を選んだ人。
兄貴からそれとなく聞いてたけど、なかなかテンションが高い人だったなぁ。

上田先輩のことが好きで、頑張り屋さんだって兄貴は評価してたから
どんな人かなって思ってたけど、優しい人なんだなって話しててわかった。

心配しているのはひなたちゃんだけじゃなく周りもなんだよね……。

上田先輩、ほんとなに考えてるんだろ？

それと、中学時代の上田先輩の事件のことを兄貴から聞いたんだけど、うーん……。

ひなたちゃんからそういう話を聞いたことはなかったし、すごく驚いた。

でも、言われてみればたしかに……二学期の初め、校門で私とひなたちゃんが
三年の先輩に絡まれてたとき、上田先輩がやってきて追い払っていたっけ。

あのとき三年の先輩たちが逃げたのって、そういう噂があったからかなって思った。

兄貴にそんな大変な過去があったことも知らなかったし……。

上田先輩も口が悪いだけで悪い人じゃない、ううん、兄貴のことを大事な友達
だって思ってくれてたんだなぁって伝わってきた。

でも、月森先輩はどこか引っかかってるみたいだったけど……わからぬ。

上田先輩、ほんとなに考えてるんだろ……？

上田先輩のことも気になるけど、兄貴のこともなぁ〜……。

あと、兄貴が最近私のこと構ってくれなくて、ちょっとだけ寂しいのです……。

第3話「じつは義妹の親友がツンデレになりまして……」

翌日、二月十六日水曜日の朝。

教室で俺と結菜と星野が三人で他愛のない話をしていると、光惺がいつも通りの仏頂《ぶっちょう》面《づら》を浮かべて教室に入ってきた。

「よお、光惺」

いつものように怠そうに「うす」と返してくる。

まるで先日の洋風ダイニング・カノンでの一件はなかったみたいに。

「光惺くん、おはよう」

「おはよう」

「うす」

「昨日休んでた分のノートの写真、役に立った？」

「ああ、助かった。サンキュ」

星野と結菜への対応もいたっていつも通りのようだ。

逆に星野の表情が若干硬いのは、昨日の光惺の噂の件を知ったからだろう。

ただ、そのあとはYouTubeの話題やドラマの話題を積極的に振っていて、見ているぶんには心配なさそうだった。

ちなみに――

「涼太《りょうた》、涼太、涼太」

「なに？　なに？　なに？」

「朝の練習」

「そ、そうですか……」

――結菜はこの通り、今日もマイペースに平常運転。

この下の名前を呼ぶ朝練が必要なのか甚だ疑問であるが、早く慣れたいというのであれば仕方ない……のか？

真っ赤になるくらい恥ずかしいなら無理に練習しなくていいと思う。なんだかこっちも恥ずかしくなるから……。

（……ん？　ＬＩＭＥ？　晶から――）

『僕、晶さん。今、兄貴の後ろにいます』

「ヒエェ――――ッ!?」

思わず振り返ったが、晶はいなかった。

『なんてな。名前呼びくらいでキュンとするなよー?』

「……涼太、どうしたの？」

「いや、なんでもないよ、結菜……」

昨日の今日なので心臓がギューンとなったのだが、今ので完全に名前呼びに慣れた。

＊＊＊

その日の放課後のこと。

俺と晶、ひなた、西山《にしやま》、伊藤《いとう》の五人は学園から少し離れたところにあるカフェにいた。

いつもは俺を除く女子部員たちで女子会をする場所らしいが、本日は僭越《せんえつ》ながら俺も参加している。というのも、本日の議題（?）が、上田兄妹のことだから。

俺は二人と付き合いが長いため、アドバイザー（?）的ななにかで呼ばれたらしい。

ちなみに俺を呼びつけたのは、我が演劇部の「恋愛黙示録カズサ」こと、とにかく明るい西山和紗《かずさ》部長である。

昨日から今日にかけて、ひなたの様子がおかしいことに気づいた西山は、休憩時間にそれとなく話しかけてみた。そこで大まかな上田家の事情を聞き、なんとかできないかとここにいるメンバーを集めたらしい。

しかし、さっきから背中のあたりが「ざわざわ」と妙にざわつく。

――俺の気のせいだったらいいんだけど、西山だしなぁ～……。

とりあえず、成り行きを見守ることにする。

「それじゃあひなたちゃん、私にした話をもう一度みんなにもお願いできる？」

「うん……。じつはね、うちのお兄ちゃんのことなんだけど――」

ひなたの口から光惺《こうせい》のことが語られる――

じつは元子役で、先日芸能界に復帰したこと。

家を出て一人暮らしを始めたこと。

両親には話していたが、ひなたにはなにも言わず、置き手紙一つで家を出たこと。

家を出たのはお兄ちゃん離れに協力しただけということ。

自分のことに集中できるから都合がいいと言われたこと。

それらを言い終わったあと、ひなたはズーンと落ち込んだ顔になった。

「ど、どうしよう……今さらだけど、お兄ちゃんなんて大嫌いとか言っちゃったよぉ……」

……ふむ。

可愛《かわい》いからいいのでは？

もうすぐ高二になる子が、幼さ全開で「お兄ちゃんなんて大嫌い」と言うあたり、可愛いから許せてしまうなぁと思ってしまう。俺はうーんと呻《うめ》いたが、

「可愛いやないかい……」

と、西山が小さく呟《つぶや》いたのを聞いて、とりあえず二票入ったことに安心した。

「でもひどい！　今までひなたちゃんが一生懸命尽くしてきた恩を忘れたのっ⁉」

「ううん、それは私が好きでやってきたことだから……」

「でもでも、お料理や掃除やお洗濯までひなたちゃんがやってきたんだよね⁉」

「ま、まあ……だから、私が好きでやってきたことだから……」

――甲斐甲斐《かいがい》しいなぁ……。知ってたけど……。

「ほかにはほかにはっ⁉」

「え～っと、ほかには……――」

『お兄ちゃん、ココア淹《い》れたよ』

『サンキュ……あっつ……!?』

『ふふっ、相変わらず猫舌だね？』

『うっせぇ……熱いの、苦手なんだよ……』

『じゃあフーフーしてあげる。フー……フー……フゥ――――……――』

……ふむ。

なんだそのココアみたいに甘々なエピソードは？

俺と晶《あきら》と伊藤は思わずキュンとなってしまったが、西山は激おこした。

「フーフーというより夫婦やないかい！」

「え？　そう……？」

「呆《あき》れたお兄ちゃんだね！　うらやまけしからんっ！」

光惺が悪いというより、ひなたが甘やかしている感のほうが強いと思うのだが、西山は単純な女だった。単純に上田《うえだ》兄妹の関係に嫉妬しているだけだ。

西山はテーブルの上のスプーンを握った。

さすがに光惺のところにスプーンを持ってのこのこ行くことはないだろうが、ひとまずこいつを止めておくのが俺のアドバイザーとしての仕事だろう。

「まあまあ、落ち着けって……そのスプーンでなにをする気だ？　言ってみろ」

「こんな甲斐甲斐しくて可愛い妹を悲しませる兄の脳ミソがどうなってるかほじくって確かめるんです！」

「発想が猟奇的すぎるだろ……」

「常軌を逸したシスコンに言われたくないです！」

「よーし、まずは俺を悲しませるお前の脳ミソがどうなってるか確かめてやる。晶、伊藤さん、そいつを押さえてくれ」

すぐさま晶と伊藤が両サイドから西山の腕をガッチリとホールドする。

「ひえっ⁉　ちょ、二人とも⁉　どっちの味方なの⁉」

「兄貴」「真嶋《まじま》先輩」

残念なほどに即答だった。

やれやれと呆れながら、軽くひなたのほうに目をやる。俺と西山のアホなやりとりを見て苦笑いを浮かべていた。

「ひなたちゃん、あれから光惺と連絡は？」

「いえ、なにも……」

俺からも、昨日は学校を休んで今日は来たことと、クラスでは特に変わった様子はなかったことを伝えておいた。

「それから、一人暮らしの件は光惺から星野《ほしの》さんと結菜《ゆいな》に伝えていたよ。いちおうクラスで一人暮らしのことを知っているのは、俺とその二人だけかな？」

「そうですか……」

ひなたはふと視線を落とす。

「それにしても、ほんと、なにを考えてるんでしょうね、お兄ちゃん……」

「正直わからないな……。ただ、あいつなりにきちんと筋の通った理由はあると思う。あ見えて、これまでずっとひなたちゃんを気にかけてきたからな……」

伊藤もうんうんと頷《うなず》いてみせる。

「花音祭《かのんさい》のラストシーンでも、ひなたちゃんのために颯爽《さっそう》と登場しましたよね」

「ああ。で、完全に俺を食《・》っ《・》た。あの金髪イケメン野郎め……」

「あはは……真嶋先輩もイケメンなほうだと思いますよ？　実際、先輩と晶ちゃんのアドリブで盛り上がって終わったわけですし……」

——伊藤さんの心優しいフォローが身に染《し》みるなぁ……。

「まあ、だから、もしかすると今回もひなたちゃんのための行動かもって思ってさ……」

自信はないが、そうであってほしい。

ひなたの表情が若干和らいだのを見て、晶がそっと訊《たず》ねる。

「ひなたちゃんは、これからどうしたいの？」

「私は……べつに……」

「本当は上田先輩に家に戻ってきてほしいんじゃないの？」

「それは、正直難しいと思う。でも、お兄ちゃんは家だとダメダメだし、家事とか大変じゃないかなって……あ、今のはなんでもない！」

ぽろっと本音が漏れてしまったようだ。

ここにきて光惺の心配ができるのは、本当に良い子なのだなと思う。

すると西山がテーブルから身を乗り出した。

「まとまりました！」

「西山？　どこからなにをどうまとめた……？」

「うちらで上田先輩をひなたちゃんのところに帰しましょう！」

――いやいや、ちょっと待て。

「なんだかんだで、ひなたちゃんは上田先輩に戻ってきてほしいんだよね？」

「それは、えっと……」

ひなたは迷っているという反応。

しかし、もしそうだとしても、光惺のほうの説得はかなり厳しい。

「西山、今はあまり下手に動かないほうがいいと思うぞ？」

「こういうのは早いほうがいいんですって！」

「いや、しかし……」

「大丈夫です！　私には素晴らしい完璧なプランがありますので！」

西山はふふふと笑ってみせるが、慌てて伊藤が止めに入る。

「こういうときの和紗ちゃんのポンコツプランはだいたい失敗するよ？」

伊藤はさらっと酷《ひど》いことを言ったが、俺もその意見には激しく同意する。

「大丈夫、今までの失敗を生かすときが来たから！」

「他所様《よそ》の問題で生かすなよ……」

「ひなたちゃんは他人じゃないです！　友人であり家族です！」

「いや、だからそういうことじゃなくてだな……」

しかし、よほど自信があるのか西山は話を聞かない。厄介なやつだ。

「いちおう訊《き》いておく……素晴らしい完璧なプランというのは？」

「よくぞ訊いてくれました！　真嶋先輩『孫子《そんし》』はわかりますか？」

「まあ、それなりには……って、まさかお前、今回の件で兵法書を使うのかっ⁉」

西山《にしやま》はふふんと笑う。

「ビジネスで使えるなら、兄妹喧嘩《きょうだいげんか》にも使えるはず！」

「いやぁ、それはちょっとどうかと……」

すごく微妙だ。

けして『孫子』を侮《あなど》っているわけではないのだが、西山がそれを持ち出すのも不可解だし、西山がそれを使いこなせるかどうかも微妙な気がする。

ようするに、西山を侮っているという結論に至った。

「ひなたちゃんはどう思う？　うちらと一緒にやってみない⁉」

ひなたは少し悩んで「はぁ」と息を漏らした。

「……とても戻ってくるような人だとは思えないんだけど」

「よっしゃ！　じゃあ私に任せて！」

西山は俺と伊藤《いとう》が止めるのも聞かず立ち上がると、ババババッ、バッ、バッと手を振り、最後になにやらカッコいいポーズを決める。アホ丸出しだ。

「それでは～……これよりオペレーション『孫子のドッキドキ兄妹喧嘩仲裁大作戦』を開

始する！」

――作戦名ダッサイなぁ……。「ドッキドキ」要る？　孫子をディスってんのか？

即興でつけた作戦名があまりにひどくて関係者だと思われたくないんだが。

「あ、その前に作戦会議か、テヘ♪」

どうしよう、もはや事故る臭いしかしない……。

＊　＊　＊

翌日、二月十七日木曜日。

本日は「孫子のドッキドキ兄妹喧嘩仲裁大作戦」……やはり作戦名がダサいし、言いたくない。したがって、以下「ドキチュー大作戦」と省略。

その「ドキチュー大作戦」決行日の朝、教室にて――

いつものように、俺と結菜と星野の三人で他愛ない話をしていたら、光惺《こうせい》が怠《だる》そうに教室に入ってきた。

――さて、作戦行動を開始しますか……。

とりあえずいつも通り「よお」「うす」と挨拶を済ませ、それから黄色地にタケー《タケ》レコード《レコ》のロゴが入った袋を持って光惺の席に向かう。

「ほい、これ──」

言いながら、俺はさりげなく光惺の机の上に袋を置く。

「ん？　なに？」

「ほら、前に貸してくれって言ってた漫画と、映画のＤＶＤ」

「ああ、サンキュ」

光惺はなんの疑いもせず袋を受け取るとそれを鞄《かばん》にしまった。

──ふぅ～……怪しまれてないよな？

ミッションコンプリートに安堵《あんど》していると、星野が楽しそうに話しかける。

「そういえば、一人暮らしはどんな感じ？」

「べつに、フツー」

「そう？　でもいいなぁ、一人暮らし。憧れるな～」

「そうか？」

「そだ、引っ越しの荷解《にほど》きとか終わってる？　もし良かったらだけど……今度の土日暇だし、なにか手伝いに行こうか？」

──おお、だいぶ攻めたな。光惺の反応は──

「いや、いい。もう終わってるし」

「そ、そっか……」

途端に星野はしゅんとなった。

もう少し言い方ってものがあるだろうに、相変わらずぶっきらぼうなやつだ。

「頼みたいことあったら、こっちから言うから」

すると星野はパーッと目を見開き、頬を赤く染めた。

「うん！　もしも私にできることがあったらなんでも言ってね？」

「まあ、そんときはよろしく……」

喜ぶ星野を見て、光惺もなぜか照れ臭そうに金髪を掻《か》くが……え？　なんで？

ふと浮かんだ疑問が解消されないまま始業のチャイムが鳴ってしまった。

光惺の席から離れつつ、俺は結菜に話しかける。

「さっきの星野さん、なんで嬉《うれ》しそうだったんだ？」

「それ、本気で言ってる？」

「うん、理解不能」

すると結菜はクスッと悪戯《いたずら》っぽく笑いながら行ってしまった。

いつもなら教えてくれるはずなのに……まあいいか。

それにしても――と、席に着きながら光惺を見る。

西山の立てた作戦は本当に大丈夫なのか？

じつは俺だけ作戦会議の途中で帰されて、全容を聞かせてもらっていない。

というのも、西山曰《いわ》く「敵を欺《あざむ》くにはまず味方から」（孫子の兵法・九地《きゅうち》篇）とのこと。

味方を欺くほどたいした作戦じゃない気がしてならない。

ただ、伊藤からの付言《ふげん》はいたく納得した。

彼女が言うには、もし俺がこの作戦に関わっていると光惺にバレたら友情にヒビが入るかもしれない。でも、漫画やＤＶＤを貸しただけなら、作戦についてなにも知らなかったと言い逃れできる。

伊藤が言うからこそ、なるほどと納得できる説明だった。

むろんやったことについては言い逃れをするつもりはないが、作戦参謀に彼女がいてつくづく良かったと思う。……西山だけだと、まあ、なんというか、アレなので。

ちなみに、俺に課せられたミッションは、あの袋を渡すことだけ。

このあと昼休みの作戦行動については、晶《あきら》とひなたが動くことしか知らない。

ただまあ、心配は心配だ。

今のところ「だいじょばない」というのが俺の見立て。

まあ、いざとなれば「責任は全部西山にある」と言って、晶とひなたと伊藤だけを全力で守ろう。うん、そうしよう。

＊＊＊

昼休み、「ドキチュー大作戦」継続中。

昼食を取り終えたタイミングで、晶とひなたが教室までやってきた。

俺としては不安と緊張でドキドキなのだが、二人はうまくやってくれるだろうか——

「あ……兄貴～」

「こ……こんにちは～」

——いや、二人ともだいぶ笑顔が引きつっているな……。

晶はともかくとして、ひなたがこれくらい笑顔が引きつる作戦ってなんだろう。

それとなく教室の扉の先に、西山と伊藤の姿がある。

ここまでついてきて、教室に入るのは遠慮したというところだろうか。

伊藤は若干緊張気味なのに対し、西山は「よしそこだ行けー！」とひなたにサインを送る。口だけではなくて動きもうるさいやつだな……。

光惺は二人を一瞥《いちべつ》して興味なさそうにスマホに目を落とす。

すると、ひなたが大きく深呼吸して――急にスイッチが入った。

やる気に満ちた笑顔で俺のそばに寄ってくる。

――え……？　俺っ⁉　光惺のほうに行くんじゃないのっ⁉

戸惑う俺のところに寄ってきたひなたは、

「大好きな涼太《りょうた》くんに会いに来ちゃいましたーっ！　あなたの妹にして！　上田《うえだ》ひなた、ここに見参☆」

と、アイドルさながらのポーズを決めた。シュタッと敬礼する感じのやつである。

「つまり、大好きな涼太くんの妹だよ！」

「そのまとめ方は違う！　いろいろ語弊があるよっ⁉」

ふと晶を見ると――あ、スイッチ入ってますね……。

「兄貴の妹といったら僕だよ！　大好きな兄貴に会いに来たぞぉーっ！　姫野《ひめの》晶、負けないかんねっ！」

と、アイドルさながらのポーズを決めた。胸の前で拳を握ってハートマークのやつである。

「だ、だから、つまり……本妻的な？」

「その解釈も違う！　なんでそうなるっ⁉」

というか、なにやってんだ、この二人……？

「やっぱり涼太くんって面白いねー？　……どこかのお兄ちゃんと違って！」

「ちょっとちょっと、ひなたちゃんっ⁉」

「だよねー！　兄貴は優しいよねー！　……どこかの上田先輩と違って！」

「晶っ⁉　ぼやかすつもりないだろそれ！」

すると二人は狼狽《うろた》えている俺の両腕をとった。

「「やっぱり兄貴（涼太くん）は最高のお兄ちゃんだね――――っ！」」

だねー……だねー……だねー……――

俺は静かに周囲を見回した。教室が静まり返っていた。

クラスメイトたちがこちらをじっと見つめてくる中、結菜《ゆいな》は思わず手にしていたスマホをポロッと落とし、星野《ほしの》はその横で鳩《はと》が豆鉄砲をくらったかのような目で見ていた。

光惺はというと、立ち上がって教室から出ていこうとしたが、一旦立ち止まり、

「……ひなた、ポーズが超絶ダセェ。あと、チンチクリンは……フッ……」

ぼそりとそう言い残して去っていった。

「こ……こっちだって恥ずかしかったのにぃ……」

「兄貴ぃ〜……鼻で笑われたぁ〜……！」

両手で真っ赤になった顔を隠す二人を見ていたら、俺まで顔が熱くなった。

それにしても、なるほど、わけわからん……。

わけわからんといえば西山《にしやま》……西山かっ！

俺は西山のいる廊下をギロリと睨《にら》んだ。

西山は「よし決まった！」と言わんばかりに廊下でガッツポーズしているが、隣の伊藤《いとう》は「やらかしたー！」という感じで額に手を当てている。……はい、西山だ、確定。

俺は静かに怒りを溜《た》めながら、笑顔をつくって立ち上がった。

この距離で怒鳴って追いかければ逃げられるので、静かに西山《やっ》に近づいてとっ捕まえる作戦である。

が、急に目の前に結菜が立った。

なぜか結菜は真っ赤で、もじもじ、キョドキョドしながら――

「え、えっと、えっと……い、妹戦国時代！　せっかくだから私も参戦！　ど、同級生で、お姉ちゃんだけど、つ……月森《つきもり》結菜、馳《は》せ参《さん》じ……馳せ……――くぅん……」

羞恥で言い切れず、最後は子犬のように鳴いた、残念……ではなくっ！

「なにしてんだ結菜っ⁉」

「な、流れ的に……違うの……？」

「違うよっ！　これは乗っちゃダメなやつ！　というか妹戦国時代ってなんだっ⁉　真っ赤になってなにやってんのっ⁉　じゃなくて、あぁもう――……――」

俺は諸悪の根源を睨みつけた。

「西山ぁああああ――――っ！」

「ひぇえええええ――――っ！」

＊＊＊

「なんだあれ⁉　わけがわからん！　なんでアイドル系⁉　意味不明すぎる！　どういうことか説明しろ、西山ぁあああ――――っ！」

廊下で西山をとっ捕まえたあと、羞恥で泣きそうな晶とひなたを連れて、「今のは罰ゲームだった」とクラスメイトたちに言い訳しながら半笑いで教室から出て、止めるべきだったと自分を責める伊藤とともに、五人で演劇部の部室にやってきて、今に至る――

「りっ……利を以《もっ》て之《これ》を動かし、卒を以て之を待つ、でーす……」

「……つまり？」

「つ、つまり、上田先輩を動かなければならない状態にして、超絶可愛《かわい》いアイドル系妹という有益なエサを使って、おびき出す作戦で……――」

西山曰く、超絶可愛いアイドル系妹のひなたが俺になびくのを光惺《こうせい》に見せつけて、あいつの気を引く作戦だったらしい。

晶をそこに絡《から》めたのは、一人だけでも可愛いのに二人はさすがにずるいぞ、片方は俺の妹だ、という光惺の嫉妬心を煽《あお》るためとのことだ。

「――ってことで、『あ～、ひなたのことが気になるし、なんか家に帰りたくなってきたな～』と、上田先輩の潜在的シスコンが呼び覚まされているはずなのです！」

「なるほどなるほど……ってなるかぁああああ――――――――――っ！」

ついに俺は我慢の限界に達した。

「だいたい、なんだその潜在的シスコンって⁉」

「真嶋《まじま》先輩ならわかりますよねっ⁉」

「よーし、晶、伊藤さん、こいつを押さえていてくれ！　ひなたちゃん、部室にスプーンあったかな⁉　なかったら箸でもいい！」

「ヒエェ――――ッ！」

まあまあと、伊藤が止めに入った。

ひなたと晶は羞恥で真っ赤になって俯《うつむ》いている。

「あの……涼太先輩、和紗《かずさ》ちゃんを責めないであげてください……」

「そうそう……やったのは僕らなんだし……」

しかし「孫子のドッキドキ兄妹喧嘩《きょうだいげんか》仲裁大作戦」のドッキドキはそういう意味だったのか。俺をドキドキさせて、光惺を羨ましがらせておびき出す作戦……って、アホか！

「こんな作戦中止だ中止！」

俺が中止を叫ぶと、ひなたがスマホを持って驚いた。

「わわっ⁉　お兄ちゃんからＬＩＭＥがっ⁉」

「「「なんだってっ⁉」」」

スマホを手にして驚いているひなたの背後に俺たちは慌てて回る。

「上田先輩から、なんてきたの⁉」

晶《あきら》が訊《たず》ねると、ひなたはすぐさまトーク画面を開く。

『さっきのなに？』

ひなただけでなく俺たち周りも動揺したが、若干一名、腰に手を当ててドヤ顔を決め込んでいるやつがいる。

「ほ、ほら、反応あったでしょ？」

「そりゃあんなよくわからんことされたら訊《き》くだろ？　あとドヤ顔すんな！」

しかし、問題はこのメッセージに対する返信だ。

「どうしよう、なんて返せば……⁉」

ひなたが焦《あせ》ってスマホを見つめる中、晶が俺を見る。

「兄貴ならなんて返す？」

「そりゃ、流れ的には……『なんでもないもん！　フン！』とか？」

「「「はい？」」」

「あ、やっぱなんでもない……こういうときは伊藤さん、任せた……」

「えぇっ⁉ 私ですか⁉ えっと、えぇ～っと……」

普段から台本の作成をしている伊藤なら――

「か……可愛いスタンプで『テヘペロ』とか⁉」

――ちょっとちょっと伊藤さん⁉ ここで茶目っ気出して誤魔化してどうすんのっ⁉

「さすがにそれは光惺もキレるんじゃ――」

「「「それだっ！」」」

「えぇ――――――っ⁉」

俺だけ驚き狼狽えている中、三人は伊藤の提案に乗った。

ひなたはすぐさまイラストの犬が「テヘペロ」している可愛いスタンプを押す。

すぐに既読がつき、『バカなの？』という冷たいメッセージの後に――

『暇ならオーディションに向けて練習しろ。あと演技するならもっと上手《うま》くやれ。落ちるぞバーカ。あ、落ちるからバカやってんのか』

恐る恐るひなたを見ると肩をわなわなと震わせていた。

「もうっ！ あんな人知らないっ！」

火に油どころかガソリンを突っ込んだ気分だ。

なんだか取り返しのつかない方向に進んでいる気がする。ところが西山だけは、

「よし！　効果あった！」

と、ガッツポーズをとった。

「このメッセージ、つまりこういうことだよ！　『オーディションまで時間ないけど大丈夫か？　演技するならもっと可愛くやれ。落ちないように気をつけろよ？　あ、落ちんなよバカ』ってこと！」

頭の中ハッピーセットメルヘンか、こいつは……。

俺はもう怒る気さえ失《う》せた。

「そ、そうかなぁ……？　お兄ちゃんのこれ、言葉通りだと思うけど……」

「ううん、絶対そうだよ！　ってことで～……」

西山は手をバババ、バッ、バッと振って、最後になにやらカッコいい（？）ポーズを決める。……だからいちいち要るか、その動きとポーズ？

「ドキチュー大作戦続行ぉ！　これより第二フェーズに移行します！　以上、解散！」

はぁ、気が重い……。

2 FEBRUARY

2月17日（木）

またやらかしました……。

しかも2年生の教室で～……思い出すと恥ずかしい——！

和紗ちゃんに作戦を伝えられたあと、私もひなたちゃんも「え？」ってなったけど、上田先輩を釣りながら兄貴もすごく喜ぶからって説得されて……。

ひなたちゃんもスイッチ入っちゃったし、私もやらなきゃなって言ったけど、2年生の教室で「大好きな兄貴に会いに来たぞー」とか叫んじゃったよぉ～……！

それは間違いじゃなかったんだけど、なんでアイドルのノリだったのか……。

思い出すだけで恥ずかしい……！

上田先輩からは鼻で笑われたし、兄貴もドン引きだったし、周りの先輩たちも白い目で……辛い！

作戦を知らない月森先輩まで巻き込んじゃったし……なんで？

流れ的にって、やる必要なかったのになぁ……。

とりあえず、あのあと兄貴はクラスメイトたちに「罰ゲーム」だったって説明してたみたいだけど、大丈夫だったのかなぁ？　明日から変な噂が回らないといいんだけど……。

そのあと、兄貴は和紗ちゃんにガチギレ。

あの兄貴を怒らせるなんて、よっぽどだと思うんだけど、和紗ちゃん懲りないからなぁ～……。なんだか最近見慣れてきたけど、喧嘩？をするほど仲が良い？良いのかなぁ？

でも、結果的に上田先輩からひなたちゃんにLIMEが来たときは驚きだった！

まさかの作戦成功!?

てっきり無視されるかと思ったら、あれで反応があったなんて驚き。

とりあえず、私とひなたちゃんがやったことは間違いじゃなかったのかな？

今度の土曜日はドキチュー大作戦第2フェーズ……。

この勢いで、作戦成功を祈ろう！

……ところで、最近やらかしてばかりな気がする。反省。

ところで兄貴は、私とひなたちゃん、どっちがカワイイって思ってくれたかな……？

第4話「じつはクラスメイトに背中を押されまして……」

「まったくわけがわからん一週間だった……」

二月十八日金曜日の放課後、結城《ゆうき》学園前駅。

晶と結菜と三人で並んで立っていた俺は、怒濤《どとう》のように過ぎたこの一週間を思い返して、すっかり気疲れしていた。

「はぁ〜……僕もやらかしたぁ……」

「あのな、西山の言うことはだいたい当てにならないから、なんでもかんでも受け入れないほうがいいぞ……？　なんだあのアイドルみたいなの……」

「とにかく可愛さで押し切れって言われて……やるならとことん振り切れたほうがいいって和紗ちゃんが言うし、ひなたちゃんがやるなら僕もやらなきゃって言われて……」

「なんじゃそりゃ……あのアホ、なんて無責任な……」

ちらりと結菜を見た。顔が真っ赤だった。

「……思い出さなくていいぞ？　お互いに忘れることにしよう……」

「……うん」

しかし、ほんとわけがわからないことだらけだ。

明日は「ドキチュー大作戦」第二フェーズ決行日。わけがわからないまま突入して、今から想像するだけで、とんでもなく憂鬱な気分になる。

「激しく不安だ……明日が心配でしかない……」

「どうしよう、兄貴……」

晶は俺の左腕に自分の腕を絡めてきた。

俺は一つため息をついて、苦笑いを浮かべる。

「ま、ここまで来たらやり切るしかなさそうだけどな？　このままだと、ひなたちゃんと光惺が本当に離れてしまいそうだし……」

そう言うと、結菜《ゆいな》の肩がとんと俺の右肩に当てられた。

「それでこそ涼太《りょうた》」

「え？」

「……なんでもない」

いやいや、そんな嬉《うれ》しそうな目で見つめられてもな……。

＊＊＊

電車に乗ったあと、空いていたロングシートに三人で掛けた。

俺を真ん中にして、左に晶、右に結菜が座った。

「そういえば結菜からまだ聞いてなかった」

「なにを？」

「ほら、昨日の朝の光惺と星野《ほしの》さんのやりとり。なんで星野さんが喜んだのか」

「ああ、あれ」

結菜が思い出したようにくすりと笑うと、晶が俺の腕をくいと引っ張る。

「兄貴、星野先輩の件って？」

俺は晶に昨日のやりとりを聞かせた。

「――って感じで、なぜか星野さんは嬉しそうだったんだ」

「へ？　そのやりとりで兄貴はなにも気づかないの？」

「ああもうさっぱりだ……。あんなぶっきらぼうな言い方されたらフツー傷つくだろ？」

晶と結菜は不思議そうに顔を見合わせ、噴き出して可笑《おか》しそうに笑う。

「なんだよ、二人して？」

「ううん、やっぱ兄貴は兄貴だな〜って思って」

結菜もうんうんと頷《うなず》く。

「え〜っと、女心がわからない鈍感ってディスってんの？」

「そうじゃなくて。──兄貴は女の子に頼られたら嬉しい？」

「まあ、人から頼りにされるのは嬉しいかな？」

「じゃあ好きな相手に頼られたら？」

「……そりゃあ嬉しいし、なんとかしたいって思うけどな？」

「それは女の子も一緒ってこと」

俺は「え？」と首を捻《ひね》ったが、晶は潤んだ瞳で俺を見つめてくる。

「好きな人から頼られたら嬉しいし、思わずキュンってなっちゃうんだよ？」

「そ、そうなのか……？」

晶はにこっと笑いながらうんと頷いた。

「だって、信頼されてるってわかったら、基本嬉しいじゃん？　大好きな人のために、もっともっと頑張りたいって思ったりするし」

「そっか……」

「だから上田《うえだ》先輩がなにか頼るかもって言ったら、それが社交辞令だったとしても、星野先輩的には頼りにしてくれるんだって思って嬉しいんじゃない？」

……なるほどな。

「そんなもんなのか……」

「たぶん？　少なくとも、前の上田先輩だったら絶対言わないと思うし」

「まあ、言われてみればたしかにな……」

以前の、今よりもっとつっけんどんな光惺《こうせい》だったら「ウザい」「怠《だる》い」と返していたかもしれない。そう考えれば、光惺は星野に対して信頼を寄せてきたってことか。

一途《いちず》な星野の気持ちが光惺に届き始めたというのなら──いや、それはそれでなんだか切ないものがある。

芸能人は恋愛NGって聞くし……。

光惺が芸能界に復帰した件を知ったら、星野は大丈夫なのだろうか。

暗い気持ちになりかけたところで、結菜が俺の右肘にそっと触れた。

このあいだの夏樹《なつき》の引退式のときの痛みはもうほとんど残っていないが、触れられるとなんだかむず痒《がゆ》い。くすぐるというより、どこか労《いた》わるような触り方だった。

「涼太と上田くんは共通する部分があるの」

「共通する部分？」

「うん。どっちも人に頼ったり甘えたりするのが苦手」

結菜の澄んだ柔らかな声に、心配の色が混ざる。

「ただ涼太の場合は、なるべく周りに負担がないように、周りが傷つかないようにって、なんでも一人で抱え込もうとする。いつも周りが一番で、自分が二番。――反面、人に頼ることだったり甘えたりすることが苦手なんだと思う」

「それは……そうなのかな？」

「うん。もう無茶はダメだよ？」

子供を諭すように言われ、俺は苦笑いを浮かべる。

「わかった。これからは無茶をする前に、もっと周りに頼ってみるよ」

「それがいい。そうして」

結菜から真《ま》っ直《す》ぐな笑顔を向けられ、心臓が思わず高鳴る。

気恥ずかしさを誤魔化すように、ふと晶《あきら》のほうを見た。

けして晶を信頼していなかったわけではないが、今まではただ守るべき対象としてしか見てこなかった。年上として、兄として……。

けれど、最近の俺は……晶に寄りかかることに安心感を覚え始めている。

結菜の言う通りなら、これはきっと俺にとって良い兆候なのだろう。

——このあいだの夏樹の引退式で、晶は俺に頼られて満足そうにしていたっけ……。

晶は、本当はもっと俺に頼られたいのかもしれない。

「ん？　なに？」

「いや、頼れる義妹《いもうと》がそばにいて嬉しいと思ってさ」

「えへへ～、だろだろ？　兄貴はもっと僕に頼ってもいいんだよ～」

嬉しそうに笑顔を浮かべる晶を見て、もう一度自分を鑑《かんが》みる。

人に頼ること、甘えることが苦手……たぶんその通りだ。

兄としてこうあるべきだと思い込んでいた俺は、もしかすると光惺と同じか、それ以上に自尊心が強いのかもしれない。

「……あ、そっか！」

そこで俺ははっとした。

「だからひなたちゃんは、光惺にこだわっていたのか……」

一人納得して呟《つぶや》くと、晶はコクンと頷いた。

「今までずっと上田先輩のお世話をしてて、頼りにされてると思ってて、それが急になくなっちゃって……ひなたちゃん的にはすごく寂しかったんだと思うよ。喪失感かな？」

それについては結菜も頷く。

「私も、もし夏樹たちが私に頼らなくなったら、寂しいと感じると思う」

「そっか……」

なんだか納得した。

でも、今から光惺とひなたの関係を元通りにするのは難しい。

すでに光惺は家を出てしまっているわけだし、あいつのあの性格を考えると一筋縄ではいかないだろう。

むしろ、俺たちがつつけばつつくほど意固地になりかねないから心配だ。

やはりここは事情を知ってそうな建《たける》さんにも相談を――と、そこで一つ思い出した。

「……そうか、結菜は建さんと同じ事務所だったな？」

「え？　うん」

すると晶も遅れてはっとした表情になる。

「月森《つきもり》先輩もメテオスタープロモーション？」

「そうだけど、それが今回の上田くんとひなたちゃんの件とどう関係しているの？」

結菜はキョトンと首を傾《かし》げる。

やはり光惺が同じ事務所になったことをまだ知らなかったようだ。

「いずれわかることだし、光惺が芸能界に戻った件は話しておこうか──」

ならば──と、俺と晶は頷き合う。

＊＊＊

「──て感じで、光惺は結菜と同じ事務所に入ったそうだ」

これまでのことを説明しているあいだ、結菜は静かに顎に手を当てて聞いていた。俺が話し終えると、わずかに唇を動かした。

「そう、上田くんがね……。それで急に一人暮らしを始めたの？」

「ああ。自分のことに集中したいからって話だけど……」

「……涼太《りょうた》も、晶ちゃんも、そうは思っていないの？」

俺と晶は頷く。

「僕らは本当の理由があると思っています」

「本当の理由？」

「それがなんなのかわからなくてさ……」

俺はお手上げといった感じで苦笑いを浮かべる。

「ただまあ、賭けに負けたってぐらいで光惺が芸能界に戻るとは考えにくい。本当はずっと戻りたかったんじゃないかな？」

結菜《ゆいな》は同意も否定もせず、ただ黙ったままなにかを考えている。

「結菜はどう思う？」

「……わからない」

「そっか……」

「でも、この件はそもそも上田くんの問題じゃない」

俺と晶は驚いたが、結菜は構わずに続ける。

「そもそもご両親とのあいだに納得と同意があった上で、上田くんは芸能界に復帰して、一人暮らしを始めたという認識で大丈夫？」

「ああ、うん……」

「なら、どこに問題があると思う？」

「……そっか、ひなたちゃんの心の問題か」

晶も「そうだね」と同意する。

「ひなたちゃんは上田先輩が勝手に出ていったことに納得できてないんだよね……それに、出ていった本当の理由も教えてもらっていないわけだし……」

その本当の理由にこだわっているのはひなた自身だ。

光惺はなにも言わなかった——いや、言う必要もなかったのかもしれない。

すでに家を出たという事実は変わらないわけで。

言ったところで無駄だと判断したのかもしれない。

「話し合いの最後も、光惺はひなたちゃんをわざと怒らせるようにして、自分から無理やり引き剝がそうとした……でも、逆に考えれば、ひなたちゃんのため、か……」

「上田くんはこうなることは予想していたんだと思う。ひなたちゃんが傷ついても、涼太や晶、演劇部のみんな、支えてくれる人たちがいるから大丈夫だろうって」

「その丸投げは絶対にダメだと思うけどな……」

「上田くんにとっては、信頼しているから任せたという捉え方なのかも」

結菜は良いほうに言葉を置き換えたが、どうにも歯痒《はがゆ》い。

「月森先輩は、上田先輩が自分勝手だと思いますか？」

「どうして？」

「それは、ひなたちゃんになにも相談しなかったこととか……」

「兄妹《きょうだい》でも、家族でも、なんでも相談し合うかと言われれば、一般的には違うかもしれない。内容にもよるけれど、相談できない相手もいるから、一概に自分勝手だと決めつけるのは難しいと思う」

　まあ、それもそうだよなと俺と晶は納得した。

「そっか、僕……僕と兄貴の関係が当たり前なんだと思ってたんだ……」

　俺と晶は基本的になんでも相談し合う。

　それは、義理だから、歳《とし》が近いから、家族だから、信頼関係があるから――それ以外にも理由があって、やはり俺と晶の関係は特別なのだろう。

　だから上田《うえだ》兄妹には当てはめられないし、光惺が自分勝手だと捉えるのも、本来は違うのかもしれない。

　言い過ぎたのかもと落ち込んでいる晶に、結菜は優しい声音《こわね》で話しかける。

「でも、そういう一般的な兄妹の在り方が良いとも限らない」

「え……？」

「コミュニケーション不足だったり、意見が対立したりして問題を抱えることもある。たとえば、このあいだの私と夏樹がそう。すれ違ってしまうこともあるし、そこから関係を修復するには、誰かの助けが必要だった……」

　結菜は俺と晶に向けてニコリと笑顔を浮かべた。

「私と夏樹の関係が修復できたのは、涼太と晶ちゃんのおかげ。あのままバラバラにならなくて、本当に良かったと思うし、二人には感謝しているの」

そう言われるとなんだか照れ臭い。晶も頬を赤らめている。

「血が繋《つな》がっているからといって、いつまでもそこに甘えていたらダメなんだと思う。心の繋がり……相手への理解が大事だと私は思う。そのことを教えてくれたのは、ほかでもない涼太と晶ちゃん、二人のおかげなの」

そのとき、俺と晶は「あ」と口を開いた。

同時に、俺たちが本当にしたいことが見えた気がした。

「俺たちは、光惺《こうせい》とひなたちゃんの心を繋ぎたいんだ……」

「うん、そうだね……」

このままあの二人が心ごと離れ離れになってほしくない
それは外野が口出しをするべきことではないのかもしれないが、上田兄妹に深く関わりを持っている俺たちの心がそうさせたくないのだ。

「でも、俺たちはどうしたらいいか……」

光惺はあの調子だし、ひなたもまだ感情的だ。

俺たちや演劇部が介入して、ひなたはなるべく感情を抑えようとしているが、光惺の言葉に過剰に反応する。

　すると結菜がそっと口を開いた。

「具体的なことは言えないけれど、『エントロピー増大の法則』って知ってる？」

「え？　エントロ……なに？」

「エントロピー増大の法則」

　急に聞き慣れない言葉を耳にして、俺と晶《あきら》は揃《そろ》って首を捻《ひね》る。

「物事というのは、放っておくと、乱雑に、無秩序に、複雑な方向に向かって、自発的に戻ることはないということ。例えば、熱湯をコップに注いで放置するとどうなる？」

「そりゃぁ、そのうち冷めて水になる？」

「そう。でも、一度冷めた水が勝手に熱湯に戻ることはない」

「まあ、たしかに……」

「人間関係も同じ。問題を放っておけば、自然に解決することは難しくなる。もちろん、時間が解決することもあるけれど」

　俺と晶はたしかにと納得する。

「夏樹《なつき》の進路問題も、私だけではどうしようもなかった。涼太と晶ちゃんがいなかったら、夏樹は結城《ゆうき》学園の野球部に入って甲子園を目指すこともなかった」

「野球を辞めてべつの未来に進んでいた……そういうこと？」

結菜はコクリと頷《うなず》くと、席から立ち上がった。

「上田くんとひなたちゃんの心を繋ぎたいなら、なにか行動を起こし続けるべきだと私は思う。いろんな角度から、かたちを変えながら。上田兄妹のことをよく知っていて、あの二人を大事に思う涼太と晶ちゃんなら、きっとわかるはず――」

いつの間にか、結菜が降りる駅で電車が停《と》まり、自動開閉ドアが開いた。

「私は、涼太と晶ちゃんのホームランに賭けてみたい」

そう言い残して、結菜は電車から降りた。

＊＊＊

「晶、大丈夫か？」

有栖《ありす》南《みなみ》駅で電車を降りたあと、俺の隣を浮かない顔で歩いている晶に話しかけた。

「うん……。月森先輩の話を聞いて、いろいろ思うところがあって……」

「いろいろって？」

「上田先輩のことなにも知らないのに、自分勝手だって言ったこととか……」

晶は表情をさらに暗くする。

「後悔してるのか？」

「うん……」

「普段お前のことをチンチクリンって呼んでくるあいつに？」

「うぐっ……！　それは正直ひどいと思う！」

不愉快なことを思い出して晶はむっとしたが、またすぐにへなへなと萎《しぼ》んでいく。

「でもさ、それとこれとは話がべつだよね……」

「まあでも、晶はひなたちゃんのために言ったんだろ？」

「それはそうなんだけど、上田先輩の立場や考え方もあるから……」

「ま、光惺はバカじゃない。そのことをわかって受け止めてるはずだって、たぶん……」

「たぶんって……」

俺は苦笑いを浮かべながら言う。

「正直、俺も自信がないんだ。光惺のことをよく知ってるつもりで、本当はなーんもあいつのことをわかってないんじゃないかって……」

そこで俺はニカッと笑ってみせる。

「でも、ひなたちゃんのことはやっぱり放っておけない。そうだろ？」

「うん、もちろん！」

晶《あきら》もグッと両手の拳を握って力を漲《みなぎ》らせた。

「え？　てことは、もしかして兄貴は……」

「ああ。ちょっと頭で考えすぎてしまったけど――」

今日結菜と話せたことは良かった。

二人と長い付き合いがある俺にしかできないことがあるとするなら――

「――上田兄妹のためにちょっと頑張ってみるかな。晶、協力してくれるか？」

「っ……うん！」

晶は嬉《うれ》しそうに頷くと、ひときわ明るい笑顔で俺に飛びついてきた。

ほんと、頼りになる義妹《いもうと》がそばにいてくれて助かる。

「とりあえず、明日だね」

「……それは、正直ちょっと不安だな」

「なんで？」

「なんでって、そりゃ西山《にしやま》の立てた作戦だしな～……」

――明日の「ドキチュー大作戦」第二フェーズ……。

このままでいいのだろうかと不安しかないが……まあ、なるようになれか。

2 FEBRUARY

2月18日（金）

なんていうか、月森先輩の言葉が印象的だった。

「エントロピー増大の法則」か……。

言われてみれば、たしかに今までそうだったかも。

兄貴と出会ったばかりのとき、兄妹になってから、兄貴は積極的に私に関わろうとしてくれた。兄貴の言う本当の家族を目指したかったからで、もし兄貴が冷めている人だったら、今みたいにならなかったなぁ……。

演劇部のときもそう。

花音祭で兄貴が私のためにいろいろしてくれたり、中止になりかけた演劇部の公演を成功させられたのも、兄貴があの状況でロミオ役を引き受けてくれたから。

クリスマス前のこともそうだったし、夏樹くんの進路問題のときも、兄貴はやっぱり、関わろうって頑張った。

だから、今があるんだと思う。

なにもしなかったら、なにも変わらなかったかもしれない。

熱が冷めていくみたいに、それが勝手に元に戻らないみたいに……。

放っておいて解決する問題かもだけど、それが必ず良い結果に結びつくとは限らないから。

今はひなたちゃんと上田先輩の問題をなんとかしたいし、そのためにできることはしたい！

兄貴は不安がってたけど、和紗ちゃんの作戦通りにいったらいいなぁと思いつつ、明日は兄貴と一緒に上田先輩のところに押しかけちゃいます！

頑張るぞー！

第5話「じつは友人宅に乗り込むことになりまして……」

来る二月十九日土曜日、「ドキチュー大作戦」第二フェーズ決行日。

この日の昼、俺と晶は光惺が一人暮らしをしている結城市桜ノ町《さくらのちょう》にやってきた。

この周辺は、俺たちの住む有栖南町とは違って、オフィスビルや公共施設、商業施設などが集まる割と賑《にぎ》やかな場所だ。

駅を出て三分ほど歩いたところにそびえ立つ結城大学は、結城学園の系列大学であり、毎年うちの生徒の八割近くが内部進学している。

今日は入学試験当日ということもあり、まだ少し雪が残る門のところに「入学試験会場結城大学」という立て看板があった。

今は昼休憩なのだろうか。キャンパス内で学生服を着た生徒が寒そうにうろついているのが見える。

――一年後は俺もここを受ける可能性があるのか……。

入試まで一年を切っているが、現時点ではなにも実感が湧かない。

そうして、門の外から構内をぼーっと眺めていたら、キュッと手が握られた。

「兄貴はここに進むの？」

「まあ、まだ考え中ってところかな」

晶は「ふ～ん」と言いながら、俺の頭の先から爪先までを見る。

「なんだよ？」

「兄貴が大学生になるのって、あんまり想像つかなくて」

「誰かさんみたいに役者を目指すのも、最初は想像つかなかったぞ？」

晶は「まあね」と笑った。

未来のことはわからないが、なんとなく、来年も再来年もこうして晶と一緒に――いや、
これは完全に死亡フラグか。

「じゃあ、そろそろ光惺に連絡してみるか――」

「ドキチュー大作戦」第二フェーズ開始――

俺はスマホを取り出して光惺に電話をかける。

『なに？』

「すまん、貸してたDVDなんだけど、もう観《み》た？」

『いや、これから』

「じつは緊急でどうしても必要になって……今家にいる？」

『いるけど』

「用事があって今結城大の近くにいるんだけど、近くだったら取りに行くよ。で、お前んちどこ？」

『その近く。ＬＩＭＥで地図送っとく。そこの３０１』

「３０１号室か、わかった。ほんと急で悪いな？　じゃあ今から向かうわ――」

電話を終えると、俺は「ふぅ～」とため息をついた。

光惺を騙《だま》しているようで申し訳ないが、一昨日《おととい》光惺に渡したＤＶＤは家を訪ねるための口実。つまり仕込みだった。

ただ、ここからが本当の勝負である。

「さて、光惺の家に向かうぞ」

「いよいよだね」

「緊張するか？」

「うん。兄貴は？」

「まあ、いつも通り。なるようになれって感じかな」

俺と晶は光惺《こうせい》の家に向かった。

正確な位置は――今光惺から地図が送られてきた。

「住んでるの、どんなところかな？」

「風呂《ふろ》なし四畳半、トイレ共同」

「えぇーっ⁉　あの上田《うえだ》先輩に限ってそれはないって！」

「ま、なんとなく」

「なんとなくかよ～……」

晶が呆《あき》れた表情を浮かべる。

「ルーナミラージュって名前のマンションだって」

「じゃあ絶対違うよ！　絶対ロフト付きのオシャレなところだって！」

「それはそれでなんかムカつくな～……」

などと他愛のない話をしながら、地図アプリを頼りに歩いていると、ようやく目的地にたどりついたのだが――

「え⁉　ここっ⁉」

「そ、そうみたいだな……」

――俺と晶はひどく驚いた。

そこはコンクリート造の、いかにも家賃が高そうな8階建てのマンション。入り口にしっかりとオシャレなロゴで「ルーナミラージュ」という看板が掲げられている。

「い、いきなり自動ドアだよ、兄貴……」

「ビ、ビビるな、賃貸に住んでた経験あるだろ？　今どきこれくらい普通だって」

「僕が住んでたのは『レジデンスみそぎ』っていう六畳一間の木造アパートで……」

「すまん、振るべきじゃなかったな……」

二人でおろおろしていると、中から若くて綺麗《きれい》な女性が出てきた。

なにこの二人？　という不審なものを見る目で俺たちを一瞥《いちべつ》したあと、素通りしてどかに行ってしまう。それとなく後ろ姿を追ったら、バイオリンケースを背負っていた。

「とりあえず、入ってみるぞ……」

「う、うん……」

恐る恐る自動ドアから中に入ると、そこはエントランスで、左手にポストやら宅配ボックス、右手にオートロックのコンソールがあった。

正直、コンソールの使い方がわからないが、白い文字で説明書きがあった。

「訪問先の室番号を押して『呼出』を押したらいいみたいだ」

「失敗したらどうなっちゃうんだろ……？」

「たぶん防犯機能が作動して、管理人とか警備会社の人がすっとんでくるだろうな……」

「ええっ⁉　そうなの⁉」

自信はないが、チャンスは一回だけとは限らない。

おそらく何度かは失敗しても大丈夫だろう。

しかし、RPGだったら扉が開かないか、もしくはモンスターと強制戦闘か。

ここは兄として絶対に失敗が許されない場面だ。

「兄貴、頑張って！」

「おう、任せろ――」

俺は恐る恐るボタンに人差し指を近づけると、晶《あきら》は不安そうに俺の背中に隠れる。
3、0、1……ポチッとな。
『――はい』

すぐに機械から声がして一瞬ドキッとしたが、なんのことはない、光惺の声だったので
ほっと胸を撫《な》で下ろす。

「来たぞ。開けてくれ」

『つーかチンチクリンも連れてきたのか？』

「え？　なんでわかんの？」

『カメラ。後ろにいんの丸見えだから……まあいい。じゃあ開けるぞ――』

するとエントランスの内側の扉が勝手に開いた。

自動扉だから当然なのだろうが、俺と晶は目を大きく見開いて驚いた。

「やったね、兄貴！」

「お、おう！」

「なんかRPGのダンジョン攻略みたい！」

「あ、俺もそう思った！」

俺たちが興奮して喜んでいるのも束《つか》の間《ま》、どうやらタイムアップだったらしく、無情にも自動扉が閉まった。

「「あ……」」

閉まった扉を呆然《ぼうぜん》と眺めたのち、コンソールでさっきと同じ操作を繰り返す。

『――はい』

「すまん、なんか喜んでるうちに扉が閉まったんだが……」

『……なにしてんの？』

呆れた声とともにもう一度自動扉が開く。

俺と晶は素早く扉から中に入り、そこで同時にため息をついた。

「晶、とりあえずグループＬＩＭＥに……」

「わ、わかった――」

晶は急いで「ドキチュー大作戦」関係者にメッセージを送る。

ちなみに晶の送ったメッセージの最後には、

『オートロックに気を付けよ！』

という、割と意味不明な注意が添えられていた。

＊＊＊

「「お、お洒落《しゃれ》……！」」

３０１号室、光惺の部屋に入って、俺と晶の第一声はそれだった。

外観からなんとなく想像していたが、想像以上に内装が綺麗な上にお洒落で驚く。

「ここ１ＬＤＫ⁉　けっこう広いぞ！」

「ロフト！　兄貴、ロフトがあるよ！　やっぱり！」

「なんか新しい匂いがする！　リフォームしたばっかかなのかな⁉」

「すごっ！　防音なの⁉　外の音が全然聞こえてこないー！」

それぞれにはしゃぐ俺たちを、光惺はやれやれと呆れた顔で見ている。

ところで、光惺はさっきまで運動していたのだろうか。

トレーニングする格好で、少し汗ばんでいて、首にタオルをかけている。

いや、そんなことよりも今は確認するべきことがある。

「ここの家賃は⁉」

「普通に借りたら十五万……副社長の知り合いの伝手《つて》で十二万」

「十二万⁉　つーかなんでそんなに高いんだ⁉」

「ここ防音だから」

光惺に詳しく聞くと、その知り合いというのは、現在の所属事務所『メテオスタープロモーション』副社長の知り合いで、芸能関係にも詳しい人らしい。

この物件は二十四時間楽器演奏可で、大きな声で台本読みをしていても周りに迷惑がかからないからここに決めたそうだ。

そんな防音に特化したマンションなので、有栖山《ありすやま》女子大学の音楽学部の人たちが多く住んでいる。つまり——

「女子大生と一つ屋根の下ってことか⁉」

「アホか……。集合住宅はだいたいみんな一つ屋根の下だろ？」

「そうなんだけどさ～……」

さっきマンションからバイオリンを背負って出てきた女性も有栖山女子大学の人か。

そう思うと、なんだかそわそわしてきた――おっと、晶が睨《にら》んできてるからこれ以上の想像と詮索はやめておこう……。

「じゃあ、風呂とトイレを見てきてもいいか？」

「……つーか、ここに来た目的は？」

光惺にたしなめられて、俺ははっと我に返った。

「ああ、そうだったそうだった、よくぞ言ってくれた……」

妙なテンションになってしまったが、俺たちが今日ここに来た目的は「ドキチュー大作戦」だ。物色している暇などない。

「たく……」

光惺はガラスの天板のローテーブルの上にあったタケレコの袋を手に取る。

「漫画は全部読み終わった。ＤＶＤはそのうちまた貸してくれ」

「オッケー」

俺は差し出された袋を素直に受け取る。

「じゃあもう帰れ」

――いや、帰れん。

「やだ！　今日は帰りたくない！」

「女子か！　それ男の口から一番聞きたくねーわ！」

光惺がうんざりとした顔で俺を見たが、こっちにも帰りたくても帰れない事情というものがある。

ここからが、本当の意味で、「ドキチュー大作戦」第二フェーズの始まりなのだ。

作戦成功のために、ここは是が非でも粘るしかない。

「一晩だけ！　頼むよ！」

「一晩ってなんだ？　なに泊まろうとしてんだ？　帰れよ」

「じゃあせめて一時間だけ！　どうせ暇だろ？」

「んな暇じゃねぇ。俺にもやることがあんの」

光惺の格好から察するに、筋トレだろうか。

「筋トレか？」

「いや、柔軟」

「柔軟？　なんで？」

「もうすぐ舞台のオーディションがあんの」

「オーディションと柔軟ってなんか関係してんの？」

「舞台役者だと声量とか滑舌だけじゃなく身体《からだ》の柔らかさも見られるんだよ」

……なんだって？

「晶、ちょっと立ったまま手が床につくかやってみろ」

「へ？　なんで？」

「いいから、こんな感じで――」

俺が立ったまま前屈をやってみせると、晶も真似《まね》てやってみたのだが――

「ん～！　ん～～～！　んんん～～～……！」

「硬《か》ったー っ⁉」

――どれだけ頑張って曲げていても、爪先に手が届かないどころか、くるぶしにすら届いていない。

ちなみに光惺《こうせい》はというと、やすやすと手の平を床につけてみせる。

晶は血が頭に上って真っ赤になった顔を上げた。

「ハァ、ハァ……兄貴、あれ以上は無理！　折れちゃう！」

「びっくりするぐらい硬いな……」

筋トレや発声練習は普段からやっているが、これからは柔軟性を高めるトレーニングをする必要もありそうだな。

「つーかチンチクリンもひなたと一緒にフジプロAのオーディション受けんだろ？　こんなとこで時間潰してて大丈夫なのか？」

「う……」

こいつ、ド正論を……。

そしてなんとしても俺たちを帰したいらしい。

「そ、そうだ！　せっかくだし晶にもなにか柔軟トレーニングを教えてやってくれないか」

「やだ」

「ですよねー……ってオイ！　光惺が拒否るのはわかるけど、お前は乗れ！」

晶をたしなめたが、光惺と睨み合ってバチバチ火花を散らしている。……ライバル視？

まあ、それはいいとして――

「そうそう。晶、今日光惺になにか言わなきゃいけないことがあったんじゃないか？」

晶は「うっ」と声に詰まったが、バツが悪そうな顔で光惺に向き合う。

「こ、このあいだは……」

「ん？」

「このあいだは、自分勝手とか言って、ごめんなさい……」

光惺はやれやれと金髪を掻《か》く。

「べつに気にしてない」

「そうですか……」

「ま、チンチクリンらしくて呆《あき》れたけどな？」

光惺が意地悪そうにニヤッと笑うと、晶《あきら》はみるみるうちに顔を赤くして怒りだす。

「チ……チンチクリンゆぅ――なぁ――っ！」

「じゃあへなちょこがいいか？　へなちくりん？」

「それも酷《ひど》いっ！　そして合わせるなぁっ！」

……ふむ。水と油というより、爆薬と火だな、この二人。

ところで――俺はスマホを片手に時間を気にしていた。

そろそろ来てもいいはずの頃合いなのに、待っている人物がやってこないのだ。

「つーか涼太《りょうた》」

「え？　なに？」

「お前ら、なに企《たくら》んでんの？」

「え？　お前ら？　た、企む？　なんのことだ……？」

俺は思わず動揺して言葉に詰まる。

「べ、べつになにも企んじゃいないが……」

「あっそ」

光惺はやれやれと金髪を掻く。

「急にDVDを貸すって言ったり、返せって言ったり、まるでここに来る口実が欲しかったみたいに思えるんだけどな？」

「うぐっ……！」

「それに一昨日《おととい》のひなたはなんか変だった。わざわざそこのチンチクリンと一緒に教室まで来たのも、なんか一緒になって企んでんだろ？」

──やっぱこいつ、鋭い……。

「ま、おおかた家に戻そうって考えてるんだろうけど、無駄だからやめとけ」

勘づかれている。

ここはいったん作戦を中止して撤退したほうがいいのではないかと思ったとき、不意にインターホンが鳴った。

「ん？　誰だよ──」

光惺がインターホンのモニターに向かう。

するとモニターいっぱいに伊藤《いとう》の真っ赤な顔が表示されていた。誰かと『本当に言うの？』と戸惑っている様子でお伺いを立て、その頭には猫耳……──猫耳？

『ね……猫耳つけてやってきたニャン！　最寄駅《もよりえき》大しゅ……大好き！　い、伊藤天音《あまね》、十六歳だニャ……ニャン！』

──い、伊藤さん……なにしてんだぁぁああ──っ!?

伊藤は言い終わってさらに真っ赤になる。

続いて西山《にしやま》の顔面がモニターいっぱいに映し出され──

『ニャンニャン♡　あなたのハートをいただきキャット！　待ってろよ東京ドーム！　十六歳！　西山か──』

プツン──

──言い終わる前に光惺がモニターを切った。……これ、放送事故だ。

「は？　どういうこと？」

さっさとモニターを切った光惺は、振り返って俺をギロリと睨む。

「さ、さぁ～？　あははは、はは……」

説明を求められても理解が追いつかなくて説明できない。ただ謝ることはできる。

伊藤と西山が来ることは、俺も晶も知らなかった。

しかも猫耳系地下アイドル風味のなにかで……。

さらに言えば、インターホン越しに放送事故——もはや苦笑いを浮かべるしかない。

無関係を装《よそお》いたいところだが……無理ですね。光惺からものすごく睨まれている。

ここはどう返せばいいのかと途方に暮れていたら、インターホンが再び鳴って、鳴って、また鳴った。

光惺がしぶしぶモニターを見ると、

『お、お兄ちゃん！』

と、今度こそひなたの顔が大きく表示された。

その後ろに小さく、真っ赤になって俯《うつむ》いている伊藤と、真っ赤になって怒っている西山が……ほんと、あいつらなにしに来た？

「なっ⁉ 今度はひなたかよ……」

『ここの近くのスーパーに寄ったらお兄ちゃんいないのに食材を買いすぎちゃって、もったいないからお兄ちゃんにおすそわけしに来ただけなんだから！』

——ひ、ひなたちゃんのそれは、ツンデレなのか……？

むしろ、反抗期が抜けきれていない離れて暮らす息子に、ウザがられるだろうなと思いつつも、心配で差し入れをする、心優しいお母さんにしかなっていない。

——つまり、母親＝ツンデレ？　いやいやいやいや……。

ツンデレを始めたばかりで振り幅がわかっていないのだろう。初心者感がどうしても否《いな》めない。そしてツンデレの初心者とはなにか、俺もよくわからない。

『だから、べっ……べつにお兄ちゃんのために料理を作りにきたんじゃ——』

プツン——

再び光悍はモニターを切った。

そこはせめて「ないからね！」までは言わせてあげてほしかったな……。

「はぁ〜〜〜〜〜……」

もはや怒る気力も失《う》せたのだろう。

珍しく、光悍は痛くなった頭を押さえながら大きなため息をついた。

2 FEBRUARY

2月19日（土）

ひさびさに兄貴とデート！ じゃなくて、ドキチュー大作戦第２フェーズ！

桜ノ町に行きました！ 有栖南町と違ってやっぱり都会だなぁって思った。

私的には、最近兄貴はひなたちゃんと上田先輩の問題に関わってて、あんまり構ってもらえてなかったから、久しぶりにデートできて嬉しかったなぁ。

ちなみに、今日は結城大学の入試日だったみたいで、ちょっとだけこの先のことを考えた。兄貴も来年は受験生だけど、どうなんだろ？ 私もフジプロAに入って芸能界に進んだらって、ちょっとだけ……。

兄貴と離れたらヤダなって思って、つい手を握っちゃった。

まあ、オーディションに合格するかどうかだし、先のことはまだわからないけど、今は今のことを頑張らなきゃだね！

それで、上田先輩のおうち、オートロックのマンションに初めて行ったわけなんだけど、すごかった……。入り口からしてどうやって入るのかわからなくて、兄貴がいなかったらダメだったかもしれない……。

とりあえず中に入れてもらえてミッションクリアだったのかな？

でも、私と母さんが住んでたアパートとの格差がありすぎてビビッちゃった……。

広いし、オシャレだし、新しい匂いもするし、防音完璧だし、ロフト付きだし、理想のお部屋って感じで、将来はこんなところに兄貴と一緒に住むのかと思って……。

いけないいけない、妄想が入ってしまった……。

じゃなくて、とにかくすごいお部屋だった！

そのあとはてんやわんやだった！

ひなたちゃんが来る予定だったのが、いきなり天音ちゃんと和紗ちゃんが来て、しかも猫耳アイドルになってるし、ひなたちゃんはツンデレみたいだったし。

とりあえず全員揃ったんだけど……。

第6話「じつは友人の秘密が徐々に明らかになりまして……」

——さて。

俺自身よくわかっていないが、これが「ドキチュー大作戦」第二フェーズ。

先に俺と晶が光惺《こうせい》宅に入り込み、なんとか光惺のご機嫌をとりつつ、あとからひなたが入りやすいようにする。

そして、ひなたをなんとか家の中に入れたあとは、俺と晶でフォローしながら光惺の機嫌をとり続け、そのあいだにひなたに手料理を作ってもらう。

するとどうなるか？

普段ひなたの料理しか食べてこなかった光惺は「やっぱひなたの料理が一番だよな」と郷愁の念にかられ、家に帰りたくなるだろう——というのが、へっぽこ指揮官西山の描いたシナリオである。

まあ、俺としては郷愁の念にかられるまではいかなくても、上田兄妹《うえだきょうだい》が話し合うきっかけになれば、くらいには思っていた。

お互いに落ち着いて話し合えば、きちんと建設的な話し合いになるだろうと。

それなのに――

「――なんで猫耳⁉　晶とひなたちゃんをアイドルにするだけじゃ飽き足らず、伊藤さんまで猫耳アイドルにしやがって！」

「ひぇっ⁉　これには事情があって……！」

「猫耳にどんな事情があるんだぁあああ――――――――っ！」

と、俺はリビングで西山に説教をした。

ひなたと伊藤も真っ赤になって正座している。けしてこの二人を説教しているわけではないが、二人にも反省するところがあるのだろう。

「ですから、その……晶ちゃんとひなたちゃんにはアイドルをさせて、部長と副部長がしないのはおかしいのかなぁと……」

「そもそも根本からおかしいってことに気づけ！　というか、お前の場合はちょっとやってみたかっただけだろ！」

「まあ、ちょっとだけ……」

「素直かっ！」

俺と西山のやりとりを見ていた光惺は怠《だる》そうにため息をついた。

「で、お前らなにしに来た？」

しゅんとなって口ごもるひなたの後ろから、「ほら、言いなって〜」と告白についてきた女子のように西山がポンと背中を押す。……要らん、帰れ。

「ど、どうせお兄ちゃんのことだから、栄養なんて気にして食べてないだろうしって思っ
て……」

「俺のこと心配してたの？」

「ち、違うもん！　心配なんてしてないし……！」

文脈がまるで無視されているが大丈夫だろうか。

「でも、ここにいるみんなにお昼ご飯を作りたいからキッチンを貸して！　ついでにお兄
ちゃんのぶんも私が作ってあげてもいいんだけど？」

「はぁ～……わかった、ちょっと待ってろ」

「ちょ、まだ話は終わってない！」

光惺がキッチンに向かうのを見て、ひなたもそのあとを追った。

「で、猫耳アイドルになった狙いはなんだ？　やってみたかっただけじゃないだろ？」

「それはですね～……」

西山は声のボリュームを落とし、真面目な顔になった。

「じつはひなたちゃん、ここに来る途中でくじけちゃったんですよ……」

「くじけた？」

「やっぱり迷惑だよねって。上田先輩だけじゃなく、私や天音《あまね》、真嶋《まじま》先輩と晶《あきら》ちゃんに対して……。上田先輩の性格をよく知ってるから、たぶん家に連れ戻そうとしてもムダだって諦めちゃったんです」

すると今度は伊藤が口を開いた。

「和紗《かずさ》ちゃんは、ムダじゃないよ、諦めちゃダメだよって説得してくれてたんです」

――それでひなたちゃんの到着が遅くなったのか……。

「それでどうしたの？」

と、晶が訊《き》くと、伊藤が苦笑いを浮かべる。

「私たちがちょっとおバカなことをして雰囲気を和ませるから、そのあとなら大丈夫だよって和紗ちゃんが言って……」

俺と晶は「え？」と驚く。

「だから、私は無理やり和紗ちゃんにやらされたわけではなく、自分からやることにしたんです。ただ、近くのドンキで買ってきたのが猫耳とは思わず、すっごく恥ずかしかったんですが……」

伊藤はそう言うと、申し訳なさそうな、それでいて照れ臭そうな顔で笑った。

そういう事情があったのかと納得したあと、俺は反省した。

「すまん、西山《にしやま》、俺は言いすぎたみたいだ……」

「ああ、そういうんじゃないです！　ほんと……！」

真っ赤になった西山はブンブンと首と手を振って否定する。

「私は単純に、迷惑かけるならこれくらいやっちゃえって思っただけです」

「どういうことだ？」

「ひなたちゃん、良い子です。でも、我が強いタイプでもあります」

「ひなたちゃんが、我が強いタイプ……？」

俺は首を捻《ひね》った。

「はい。でも、そういう自分を出さないように、たぶん今までずっといろんな人に気を使ってきたんじゃないでしょうか？　特に、上田先輩に対して」

「それは、そうだと思うけど……」

「本当は、すっごくたくさんやりたいこと、言いたいことがあるのに、周りの顔色を窺《うかが》って、我慢して……そうやって誰にも迷惑をかけないように、嫌われないようにってしてきたんじゃないかって思うと、私的にはひなたちゃんの本心が見えないなって思って」

西山の言葉を聞きながら、俺はふと花音祭《かのんさい》の前、晶とひなたが演劇部の助《すけ》っ人《と》を頼まれたときのことを思い出し――

『――いいかな、お兄ちゃん？』

はっとした。

あのときは些細《ささい》すぎて、覚えることのなかった違和感が、今になって強烈に押し寄せてきた。

――あれ、事後報告だ！

西山に断りきれず引き受けたというジュリエット役。考えてみれば順番が逆だ。

本当に光惺に気を使っているのなら、引き受ける前に光惺にお伺いを立てるべき。それなのに先に引き受けてから光惺に訊《たず》ねた。

なぜなら、自分は演劇を、芝居をやりたいから。

おそらく、断りきれないという理由があるのなら、光惺もそこまで強く反対はしないと思ったのかもしれない。

あの場面で、光惺が嫌な思いをしないようにと気にかけつつ、我を通すための最適解だったのかもしれない。

ただ、光惺はひなたが芝居をすることについては否定的ではなかったのだが。

『――私、じつは甘えたがりなんです』

クリスマス会のときのあれはひなたの本音だった。

甘えたいけれど、普段は我慢している――そういう本音を俺に漏らしてくれたのだろう。

そう思うと、なんだか、こう――

「西山、ほんとお前ってすごいやつなんだな……」

「へ？　なんのことですか？」

「周りをよく見てるってこと」

西山の才能と言うべきか、素直に脱帽するしかない。

晶の才能を見抜いたときのこともそうだ。あれがきっかけで、晶は今、大手芸能事務所のスカウトを受けて役者の道に進もうとしている。

人の本質を見抜く才能、そして行動力。

だから部員たちは、西山を部長として認めているのだろう。

「それなのに、なんで彼氏ができないんだ？」

「うっさいなぁ！　今その話は関係ないでしょうがっ！」

西山は真っ赤になってプリプリと怒ったが、「ゴホン」と一つ咳払《せきばら》いをした。

「……とにかく、ひなたちゃんはもっとワガママになっていいと思うんです。もっと周りに迷惑をかけていいんです」

「それは俺もそう思う」

「でしょ？　そうやってやり過ぎなくらいやったら、ひなたちゃんにちょうどいい線引きができるんじゃないかと思いまして。──ほら、花音祭の前くらいに真嶋先輩が言っていた中庸《ちゅうよう》ってやつです」

なんて意外な。西山の口から中庸という言葉が飛び出すとは。

「俺の言葉、というより孔子の言葉だけど覚えていてくれたのか？」

「あ、だからって真嶋先輩のことが好きとかそんなんじゃないですよ？」

「わかってるっつーの……さすがの俺でもそんな勘違いはしない……」

西山は悪戯《いたずら》っぽく笑ってみせた。

「というわけで、これはひなたちゃんにとっての訓練です。お兄ちゃんに本心と逆のことを言いながら本心を伝え、甘えるときは甘えるための」

「訓練か……」

晶を見て「妹に慣れる訓練」を思い出してしまった。

ところがそのとき——

「どういうことっ⁉」

キッチンのほうからひなたの声が上がった。

「この料理、誰が作ったの⁉」

俺の座っているところから、ちょうど開いていた冷蔵庫の中が見えた。中には色とりどりのタッパーが敷き詰められている。

真嶋家の冷蔵庫もそうだ。仕事が忙しい時期、美由貴《みゆき》さんは日持ちするおかずを時間をみつけて作り置きしてくれている。

だから、こう疑問に思う。

——光惺《こうせい》が、料理？　しかもタッパーに小分けして……？

そんなマメなことを光惺がするのだろうか。

「いつも家だと私が作ってばっかで、お兄ちゃんは食べるだけだったじゃん！」

「んなもん、家じゃ面倒だっただけだ。やるときはやる」

言い争う二人――と、そのときインターホンが鳴った。

俺は慌てて西山と伊藤《いとう》を見たが、二人とも首を傾《かし》げている。

ということは――光惺を訪ねてきたのはいったい誰だ？

すると光惺はため息をついたあと、冷静に、インターホンのモニターに向かった。

『あ、光惺くん？　千夏《ちか》だよ』

――星野《ほしの》さん⁉

動揺が広がっていく。

ひなたを見ると、さらに動揺を隠せないという顔で光惺のほうを見つめていた。

＊　＊　＊

「――ん」

星野が光惺宅にやってきて三十分後、俺たちはテキパキと動く光惺を唖然《あぜん》として見ていた。

「ほとんど作り置きのだけど、人数増えたから追加した。――食ったら帰れ」

そう言って、光惺はテーブルの上に大皿を置く。

サーモンのカルパッチョと、パスタ二種類と、鶏肉《とりにく》を使った香ばしい香りのする料理で、すでにテーブルの上に並んでいた色とりどりの料理の皿を、俺たちは慌てて広げてスペースを確保する。

これらを光惺が一人で作ったというのだから信じられない。

が、キッチンで料理する立ち姿は妙に様になっていたし、実際に作る姿を目の当《ま》たりにしたのだから信じるしかない。信じるしかないが、いちおうは訊《き》いておこう。

「光惺、なんで料理できるんだ？」

「一年の夏休みのとき、イタリアンの店でバイトしたから」

「……あれ？　お前、接客嫌いじゃなかったっけ？」

「ああ。だからホールじゃなくてキッチン」

そのあと光惺から聞いた話だと、最初はキッチンで皿洗いから調理までいろいろやっていたそうなのだが、途中から店長にどうしてもホールに入ってくれと頼まれたらしい。

しかたなくホールで接客をすることになった。

ところが、女性客から絡《から》まれることが多くなり、そのうちうんざりして三週間くらいで辞めてしまったらしい。

「つーか、そのせいで接客が嫌いになった」

「へ、へ～……」

「連絡先教えてくれってしつこい客もいたし」

「俺にはモテモテで困ったって聞こえるけどな……？」

光惺は不機嫌そうな顔になる。

「店長にキッチンに戻してくれって頼んだけど、ホールでって言われて辞めた。怠《だる》いし」

話を聞きながら、その店長の読みは正しいと思った。

料理ができないからホールに回したというわけではない。

こんな華やかなイケメンを人目につかないところで働かせるよりも、ホールで目立たせたほうが集客アップに繋《つな》がるかもしれないから。

もちろんそんな目論見《もくろみ》があったかどうかはわからないが、人前に出たくなかった光惺としては、女性客に絡まれるし、相当嫌だったのだろう。

まったくもって羨まけしからん話だ。

「だからま、俺はできないんじゃなくて、今までやらなかっただけ。こうしてひと通り料理もできるし、家事とかその辺も問題ない」

ひなたを見ると暗い顔で俯《うつむ》いている。

その様子を見た光惺は、やれやれと金髪を掻《か》いた。

「つーか、冷めるぞ？」

光惺に言われ、俺たちははっとなり、それぞれ「いただきます」をした。

遠慮がちに大皿に手を伸ばして、食べたいものを取り皿に盛り、そして――

「「「「「美味《うま》っ……⁉」」」」」

――全会一致で味の評価が終わった。

いやしかし……。金持ちだし、料理はできるし、役者の才能もあって、モテモテ……なんだこのイケメン？　ステータスカンストしてないか？

「じゃ、食ったら全員帰れ。――それと、もうここには来るな」

＊　＊　＊

光惺の家を出たあと、俺と晶《あきら》、ひなた、西山《にしやま》、伊藤と星野の六人は、結城桜《ゆうきさくら》ノ《の》駅前にあるファミレスに重い足取りでやってきた。

というのも、食事が終わったあと。

帰り際《ぎわ》に光惺とひなたのあいだで辛辣なやりとりがあったのだ――

「お前は自分のことをしろ。俺も、いつまでもお前の相手はしてられないからな」

「っ……！」

俺は慌てて止めに入る。

「光惺、今の言い方はさすがに……！」

「俺たち兄妹《きょうだい》の問題だ。お前やチンチクリンには今までさんざん世話になったけど、もう金輪際こういうのはやめてくれ」

「光惺、ちょっと……！」

俺が口を開くや否《いな》や、ひなたは怒っているようで悲しんでいるような顔で言った。

「わかった……じゃあお兄ちゃんには、もう関わらないっ……！」

――思い出すとやるせない。

たぶん光惺はわざと言っているのだろうが、客観的にそう見えたとしても、言われているひなた本人にはダイレクトに刺さる。特に、今の状況では……。

あんな言い方をしなくていいのにとも思うが、あそこまで言わせた原因は俺たちにもあるので、そのせいでひなただけが悲しい思いをするのは、やはり心苦しかった。

「……ごめんね、みんな。私に付き合ってくれて……でも、お兄ちゃんには、やっぱり私は必要なかったんだね……ううん、そのことがはっきりして、かえって良かったのかも。だから、ありがとうかな……」

ひなたは苦笑いを浮かべた。

そこに皮肉の意味は込められていないのが、余計に俺たちの胸にこたえた。

「お兄ちゃんのこと、今まで家のことはなにもできない人だって決めつけていたみたい……。だから、私がお世話しなきゃって思い込んでいただけだったんだ……はぁ〜……」

ため息に悲しみの色が混じる。

唯一、自分が兄以上に誇れるもの、家事という点で、光惺が自分を欲《ほっ》してくれていたと思っていたひなたにとっては、自分のやってきた「お兄ちゃんのお世話」は、本当は必要がなかったのだと思い知らされたのだろうか。

しかし、そこまで悲観的に考える必要はない。

「いや、光惺が言ってた通り『できない』と『やらない』じゃ意味が違うと思うよ」

「え？」

「家事は面倒だし、光惺的にはできるけどやりたくないって感じだったんだと思う。だから実際のところは、ずっとひなたちゃんに甘えてきたんじゃないかな？」

「そうかもしれませんが……」

「だから落ち込む必要はないよ。一人暮らしを始めたのだって、ひなたちゃんを突っぱねたいからってことじゃなく、これから先もずっと甘えていきたくないって思ったからじゃないかな？　あいつなりの妹離れって感じで」

諭すようにそう言うと、ひなたは少し暗い表情で俯く。

すると俺の隣に座っていた晶が、星野のほうを向き、

「あの、星野先輩はどうして上田《うえだ》先輩の家に？」

と、ざっくりと、それでいて俺たちが一番知りたかったことを訊《き》いた。

星野は己の使命を思い出したかのように「そうだった！」と慌て始め、

「これ、渡すの忘れちゃった──」

と、手に持っていた大きめの紙袋から数冊の本を出し、テーブルの上に置く。

「バンドスコア？」

俺が訊《たず》ねると、星野は頷《うなず》いた。

「光惺《こうせい》くんに頼まれてたの」

「光惺に？」

「うちのお姉ちゃんが大学でバンドをやってるって話したら、練習用になにかいい楽譜はないかって。お姉ちゃんがそれならって、何冊か貸してくれたんだ」

つまり光惺のところにこれを届けに……いや、待てよ。

「じゃあ光惺は、なにか楽器を始めるってこと？」

「うん、ギターって言ってた。プロフィールに書くために……──あ！」

星野《ほしの》ははっとして口を閉じるがもう遅い。

プロフィール──たぶん事務所のホームページかなにかに記載するものだろう。

「大丈夫、俺たちはあいつが芸能界に戻った件は知ってるから」

「そ、そっか……。じゃあここにいるみんなは光惺くんのこと知ってるんだ？　そっか、当然だよね。そっか……」

今度は残念そうに俯いた。

おそらく星野は自分だけ光惺から特別に教えてもらった秘密だと思っていたのだろう。

けれどこれだけの人数、俺とひなたは除いたとしても、意外と知っている者が多いとわかり、ショックを受けたのかもしれない。

「あいつ、星野さんには自分から話したんだ？」

俺は慌てて笑顔をつくる。

「え？」

「一人暮らしの件も、俺たちはなんとか聞き出したって感じだったけど、星野さんには自分から話したんだなって思ってさ」

多少言い方に気を使ったが、星野は嬉《うれ》しそうな表情で頬を赤らめた。

すると、今度はひなたが口を開く。

「あの、星野先輩……」

俺と晶はドキッとした。

「前にショッピングモールで会いましたよね？　私、光惺の妹の上田ひなたです」

──そうか。

考えてみれば、この二人はほとんど初対面だった。クリスマス前、ひなたと一緒に出かけた日に出くわしてから、こうして向き合って話すのは初めてかもしれない。

「えっと、改めまして、星野千夏《ちか》です……」

「兄がいつもお世話になっています」

「いえいえ、こちらこそ……」

他人行儀に話す二人を見ていると、なんだかこちらが緊張する。

今は光惺のことであまり引き合わせたくない二人ということもあり、余計に気を揉《も》んでしまうからだろう。

そうして俺と晶が固唾を飲んで見守っていると、

「クリスマスの日、お兄ちゃんにお財布をプレゼントしたんですよね？」

と、ひなたが遠慮がちに訊ねた。

──それ、訊いちゃったか……。

まだあのときのことを気にしているのか、それとも単なる質問なのか──いずれにしろ、星野は少しバツが悪そうに苦笑いを浮かべる。

「うん、まあね……」

「家ですごく喜んでました」

「そ、そうだったんだね？　良かった～……」

「それで、あの、もしかしてお兄ちゃんのことを好きだったりしますか？」

──それも訊いちゃったか～……。

一瞬にしてみんなが押し黙り、星野の回答を聞こうと注目が集まる。

周りの目もあって、星野はカーッと顔を真っ赤にし、次いで、恥ずかしそうに俯いた。

瞳が行くあてもなく左右に揺れ、やがてごくわずかに頷いた。

「うん……光惺くんのことが、いいなって思ってる……」

けれど星野は慌てた様子で言い直す。

「あ、でもね、付き合いたいとかそういう話じゃないんだ！　推してるって意味で！」

「推し？　どういうことですか？」

ひなたが訊ねると、星野はきまりが悪そうに笑う。

「ほら、光惺くんは芸能界に戻ったわけじゃん？　てことで、私は光惺くんに頑張ってほしくて、推し活的な？」

星野はみんなに気を使わせないために、わざと明るく振る舞っている。

そう感じてしまうのは、俺が星野の気持ちを知っているからかもしれない。

「私はいちクラスメイトとして、いちファンとして光惺くんを陰から応援したいなって思って、だから——頑張って推そうって決めたの、光惺くんのこと！」

笑顔で押し切ろうとする姿が俺の胸に響いた。

それも前向きな一歩かもしれないが——いや、感傷的になるのは星野に失礼だろう。

ひなたは「そうですか」と小さく呟《つぶや》く。

「ありがとうございます。お兄ちゃんのことを応援してくれて……」

「え？」

「あんな無愛想な人でも、好意的に見てくれる人がいたなら嬉しいです。中学のとき、いろいろあって――」

「あ、うん、その噂《うわさ》は知ってるよ」

「……知ってても、お兄ちゃんのことを応援してくれるんですか？」

「うん。噂なんて関係ないし。私が推したいのは、光惺くんが光惺くんだから！」

強いな、この人。

俺も見習わないといけない。

「それじゃあ私、この本をもっかい光惺くんのところに持っていくね！」

星野はそう言うと、紙袋を持ってファミレスをあとにした。

＊　＊　＊

星野がいなくなったあと、俺たちは再び今後のことについて話し合うことにした。

最初に西山がひなたに訊ねた。

「ひなたちゃんはこれからどうしたい？」

ひなたは少し考える素振りをし、そっと口を開く。

「もういいかなって思う。あの感じなら一人でもうまくやっていけるんじゃないかな？」

「あ、えっと……そうかもだけど……そうなのかな……」

西山《にしやま》が言い淀《よど》むと、今度は晶《あきら》が口を開いた。

「それじゃあ、これからもべつべつに暮らすの？」

「一緒に暮らす理由がないから……」

「そっか……一緒に暮らす理由か……」

晶がしゅんとしたのを見て、周りも押し黙ってしまった。

一緒に暮らす理由がないというのは、なんだかひどく寂しいものがあった。

「ごめんね、みんな……今まで私とお兄ちゃんのためにいろいろやってくれて。私は、お兄ちゃんの気持ちを優先することにする。その上で、私も前向きに自分のことを頑張るつもり。お兄ちゃんのことはいったん忘れて、オーディションに向けて頑張るね？」

ひなたは最後にありがとうと感謝してくれたが、どうしても腑《ふ》に落ちない。

オーディションに向けて頑張るとは言うが、本当に、前向きという意味で合っているのだろうか。

ひなたの笑顔に、どうしても違和感を覚えてしまった。

2 FEBRUARY

2月19日（土）

和紗ちゃんと天音ちゃんが猫耳アイドルで登場したときは驚いた！

理由を聞いたらなるほどだったんだけど、ひなたちゃんが途中でくじけちゃったんだって。
勇気づける？元気づける？ために和紗ちゃんが提案したみたい。
ひなたちゃんが途中で諦めなくて良かった……。

途中で星野先輩が来たときは驚きだったけど、上田先輩がじつは家事ができると知ったときはもっと衝撃だった。マジか……。

しかも、きっちりしてる……。
引っ越したばかりとはいえ、お部屋もすごく綺麗だったし、意外とマメな性格だったり？

でも、兄貴が言ってたみたいに、家事ができるのと家事をするのでは違うと思うし、そのうち疲れてくるんじゃないかな？

ちょっと悲しかったのは、ひなたちゃんが「一緒に暮らす理由がない」って言ったことかなぁ……。

一緒に暮らすのに理由は必要なのかなって思っちゃったけど、どう返したらいいのかわからなくて、あのときどう返したらよかったのかなって、あのあと考えてみた。

兄妹だからって、大好きだからって理由だけじゃ弱いのかな？

上田先輩は、たぶん、ひなたちゃんの気持ちがわかってて突き放す言い方してるんだよね？

それって、上田先輩も辛いんじゃないかな……？

第7話「じつはオーディションに向けて特訓が始まりまして……」

二月二十四日木曜日。

今週は天気が崩れるという天気予報通り、月曜から空模様が怪しく、気温も低い。春はもう少し先にあるようだ。

バレンタインデー・クライシスがあった怒濤《どとう》の一週間を乗り越え、日曜日を挟んで、ようやく俺たちの日常は穏やかな状態に戻りつつあった。

今日も朝から光惺の様子を窺《うかが》っていたが、特になにも変わらない。

相変わらず怠《だる》そうなのは怠そうなのだが、心なしか表情が柔らかく見える。

それは星野も一緒で、光惺を見る目は静かだった。

昼食後、光惺の机の周りで、結菜《ゆいな》と星野が混ざって、四人で雑談をしていた。

話題のほとんどは光惺の一人暮らしについてだったが、光惺は鬱陶しがらず、いつものように淡々とした感じで答えていた。

「光惺くん、もうギター買ったの？」

「日曜に」

「へ～、どんなのどんなの？」

光惺《こうせい》は答える代わりにスマホでギターの写真を見せた。

「これかー、かっこいい！　早く弾《ひ》けるようになったらいいね？」

そう言って、星野はにこりと笑顔を浮かべたが、それ以上話を広げずに終わる。

これまでは自分も関わりたい、なにかしたいとアピールしてきたのに、その手前で引いているように感じるのは、俺の気のせいではないかもしれない。

星野は今どんな気持ちなのだろうかと想像してみた。

好きだから、これからは応援していこうという割り切り――それも前向きな一歩なのかもしれないが、端《はた》から見ている俺としては、なんともやりきれない。

――できればなにかできることがあるといいんだけど……。

傍《そば》にいる結菜が俺と視線を合わせた。

結菜はなにも言わず、星野や光惺に気づかれないように小さく首を横に振った。

この二人については、このまま静かに見守ろうということなのだろう。

そのあと来週三月四日の卒業式の話になった。

星野《ほしの》はお世話になった部活の先輩たちに、部員全員で記念品を贈るそうだ。

かくいう俺たち演劇部は三年生がいないため、そういう準備は特にない。あるとすれば、個人的にお世話になった先輩にプレゼントを贈るくらいだろう。

「光惺くんはお世話になった先輩とかいないの？」

「べつに」

「真嶋《まじま》くんは？」

「俺もべつに」

光惺と俺がにべなく答えると星野は「あ、う……」ときまりが悪そうな顔をする。

「ゆ、結菜はさすがにいるよね……？」

「私も、特には」

星野はがっくりとうな垂れた。

三年生と関わりがない俺たち三人には記念品を贈る相手がいない。だから卒業式もどこか他人事《ひとごと》だ。準備や片付けがあるな、くらいにしか思っていなかった。

すると星野が「そうだ」となにかを思いついたように言った。

「卒業式とは全然関係ないけど、この四人でプレゼント交換しない？」

「なんで？」

俺が訊《たず》ねると、星野ははきはきと明るい声で言う。

「ほら、この四人で同じクラスでいられるのもあと一ヶ月くらいだし、出会った記念にどうかなって思って」

「……まあ、ありかも。三年に上がったらべつのクラスになるかもしれないし」

珍しく光惺が言うと、星野は「でしょ？」と同意を求めるように言う。

一緒に定期テストを乗り切った仲だし、そういうプレゼント交換もいいかもしれない。

「俺はいいと思うけど、光惺と結菜は？」

「べつに、やるならどっちでも」

「私も、どちらでも」

賛成二、どちらでもいい二で、プレゼント交換することが決まった。

約一ヶ月後の三学期の終業式。その日までに自分以外の三人に対し、なにか特別な贈り物を考えて準備しておくことになった。

とはいえ、来年もこの四人が同じクラスになる可能性もある。

あまり気合を入れすぎると四月に小っ恥ずかしい思いをするかもしれないな、と光惺が苦言を呈して、四人で苦笑いを浮かべた。

そのあと結菜と一緒に廊下に出て、最近のひなたの様子について話した。

「ひなたちゃん、光惺のことは考えずに、オーディションに向けて頑張っているよ」

「そう……」

「これはこれで、いったん落ち着いたってことなのかな……」

「上田《うえだ》くんとひなたちゃんの中では……でも、涼太《りようた》たちは違う？」

俺は微笑を浮かべる。

「ああ。だから、今は機を待つつもり。先《ま》ず勝つべからざるを為《な》して、以《もっ》て敵の勝つべきを待つ……そんな感じかな？」

「……孫子？」

「さすが、よくわかるな？　そう。今ひなたちゃんが光惺にアクションを起こしてもダメなのかもしれないと思って。気持ちが届くかどうかはやっぱり光惺次第だから」

結菜もそれには納得した様子で頷《うなず》いた。

「今は確証はないけど、そのうち上田くんが受け入れる態勢ができるのを待つの？」

「ああ。なんだかんだであの二人は兄妹《きょうだい》だから……」

これまでの「ドキチュー大作戦」でひなたの気持ちは伝わったと思う。

次はたぶん、光惺の番なのだ。

「光惺もそのうち気づくんじゃないかな？　甘い考えかもしれないけど、兄妹だから、どこかで繋《つな》がってるし、どこかで伝わる部分もあると思うから」

たぶんそれは、そう信じたいと俺が思っているから。

血の繋がりだけでなく、あの二人はどこかで心ごと繋がっていると。

離れて暮らして、ひなたとの繋がりを再確認してくれればいいが——

「チャンスができたらもう一度チャレンジできるようにこっちは準備しておく。それまで、俺と晶でひなたちゃんを支えるよ」

「たしかに、今はチャンスができるまで、しっかり準備しておくのがいいかも」

「そうするよ。いろいろ相談に乗ってくれてありがとう。また相談に乗ってもらってもいい？」

感謝を伝えると、結菜は笑顔でコクンと頷いた。

なにもしないわけではなく、チャンスが来るのを待って、着々と準備を整える。

今度こそ二人の心がしっかりと繋がるように願って。

＊　＊　＊

放課後の部活も、特になにか問題が起きるわけでもなく、いつも通り進んでいった。

最近はイベントらしいイベントもないため、俺は特にすることもない。みんなが真剣にやっている姿を見ながら、パソコンを叩《たた》いている伊藤《いとう》の補助をするくらいだ。

ちなみに伊藤と俺が今なにをしているかというと、演劇部の備品リスト作り。

というのも、これまで部室になにがあるのかをまとめたリストがないために、なにか必要になったとき、あれがないこれがないといちいち段ボール箱を漁《あさ》るという非効率的な作業を繰り返していたからだ。

さらに言えば、かなり年季の入った物も山積している。

それが宝探しというよりガラクタ漁りに近い感覚で、古くて使えない物が多い。

そこで西山《にしやま》とも相談して、いったん部室内にあるものを断捨離し、新たに備品リストを作ることになったのだった。

「ふぅ～……ようやく半分ってところですかね？」

「おつかれ、伊藤さん。代わろうか？」

「いえ、大丈夫です。手伝っていただきありがとうございます」

裏方でそんな作業をしている中、演者である六人は稽古に励んでいた。

今は晶《あきら》とひなたの掛け合いのシーンで、西山は高村《たかむら》たち三人と一緒に、真剣に掛け合いの様子を見つめている。

さて、晶とひなたの様子はというと――

「マーガレット、僕のカップケーキを食べた犯人は君だね？」

ジョン役の晶が不敵な笑みで見つめると、マーガレット役のひなたは不機嫌そうにパッと目を逸《そ》らす。

「ええ、そうよジョン。だからどうしたというの？」

「おいおい、参ったな。罪を犯したというのに君は開き直る気かい？」

「フン！　たかがカップケーキじゃない？　最高級の銀製のカトラリーも――ほら、ご覧の通り揃《そろ》っているわ。あなたの生まれ年のワインにも手をつけてない」

「いいや、彼は僕の一つ年上さ。僕が生まれるとわかったとき、早とちりした叔父が粉ミルクの代わりにって母に贈ったものでね」

「そんなのどうだっていいわ。ここにある高級品たちに比べ、たかがカップケーキだと言っているの」

「いいや、これは立派な窃盗だ。大怪盗マーガレット、捕まえたよ――」

言いながら、晶はひなたの腕を強引に引っ張り、胸の中で抱きしめた。

「――これで君は僕のカップケーキだ」

「まあ、私を食べてしまうおつもりなの？」

と、真っ赤になって突っぱねようとするひなただが、さらに顔を近づける晶。

「それが、神が君に与えた罰だよ」

「なんて不信心な人。神の名を騙《かた》るなんて……」

「フフフ。じつのところ、僕は神やカップケーキより君に興味津々なんだ」

「じゃあ目的は最初から私？　わざとテーブルに置いていたのね？　ほんと食えない人」

「本当は僕が仕掛けた罠《わな》だと気づいて食べたんじゃないのかい？　──」

……ふむ。なんだこの台本？

百年ほど前のアメリカのニューヨークが舞台のラブストーリーらしい。

晶とひなた……ジョンとマーガレットが独特の言い回しでイチャつくところが延々と続くのだが、俺にはどうしても理解ができない。

俺はそれとなく台本を準備した張本人に目をやる。

晶とひなたを見つめる伊藤はすでに顔が真っ赤で、口元がにへらっとしていて、話しかけるのも躊躇《ためら》われた。最近知ったのだが、伊藤は……まあいい。

──とりあえず。

フジプロAのオーディションが近い晶とひなたは、部活の時間もこれまで以上に熱心に稽古をこなしている。

フジプロAの敏腕マネージャーである新田亜美《にったあみ》さんの話だと、オーディション当日は演技審査があり、いきなり渡された台本を読んで即興で芝居をしないといけないらしい。

どんな台本が来ても臨機応変に対応できるようにとアドバイスを受け、二人は熱心に練習に取り組んでいる。

それと、自己紹介や自己アピール、質疑応答の練習などもしておくようにと言われていた。晶の最も苦手とする部分である。これについては晶と家で練習を重ねている。

そんなわけで、最近は部活中もいい雰囲気でできているのだが――

「――さて。まずはこのよく喋《しゃべ》る唇からいただこうか」

「好きにしたらいいわ。でもその前にメープルシロップはかけなくてもよろしいの？」

「もう君からは僕を誘う甘い香りが漂っているからね、カップケーキさん」

「……そう、私はもうあなたのカップケーキなの。――さあ、召し上がれ」

そして晶がひなたに顔を近づけて……って、なんだそれ。

けっきょくマーガレットがジョンに食べられたかったというだけで、ジョンはミイラとりがミイラになっただけ？　それともツンデレ？

俺はまたそれとなく台本を準備した張本人に目をやった。

伊藤は真っ赤な顔でハァハァと息遣いが荒く、話しかけるのが怖い。

そろそろ作業を再開しないと……まあいっか。……いいのだろうか？

＊＊＊

「はぁ～……お腹《なか》減った～……」

帰り道、晶が腹を押さえながら言うと、隣を歩いていた俺とひなたは思わず苦笑いを浮かべた。

「じつは私もペコペコだったんだ～」

「だよね？　兄貴は？」

「ん？　ああ、俺はなんだかお腹いっぱい……」

「え～、ずっるぅ！　兄貴だけなんか食べたの──!?」

──そりゃあんだけカップケーキを見せられたらお腹もいっぱいになるわ……。

ただまあ、腹ペコな義妹《いもうと》たちを放っておけないか。

「三人でどこかカフェに寄って帰るか？」

「いいね！　ナイス兄貴！　──ひなたちゃんは？」

「私はごめんなさい。早めに帰ってオーディションの練習をしたいなと思って！」

「じゃあ、また今度誘うね？」

「うん！」

やる気満々のひなたを見て、晶はニコッと笑顔を浮かべた。

ひなたと別れたあと、俺と晶は結城《ゆうき》学園前駅にゆっくりと向かっていた。

「ひなたちゃん、教室だとどんな感じ？」

「まだちょっと寂しいみたいだけど、それをバネに頑張ってるって感じかな？」

「そっか」

バレンタインデー・クライシスを経て、ひなたは精神的に成長したのかもしれない。

言葉は違うかもしれないが、光惺《こうせい》の世話をしなければいけないという身内の義務感というか、そういうものからも解放されて、かえって良かったのだろう。

「上田先輩の話は出ないよ」

「気にはしているんだろうけど、あえて口に出さないのかもな？」

「うん。とにかく今はオーディションに向けて頑張りたいみたい」

晶の話を聞きながら寂しい気持ちにもなり、俺は「そっか」と微笑した。

「ところで、もうすぐ駅だけど、どこか店に寄るか？」

「う～……それも、考えたんだけど……やっぱり家まで我慢する！」

「なんで？」

晶は拳を握った。

「早く帰ってオーディションの練習しないと！　僕も頑張らなきゃ！」

途端に晶の腹から「ぐぅ」と情けない音がして、俺は思わず噴き出してしまった。

「な、なんだよ～？」

「いや、なんでもない……」

真っ赤になってお腹をさすっている晶を見ながら、俺はなんとか笑うのを堪《こら》えた。

「それより、あ～……なんか俺も腹が減ってきたな……」

「へ？　お腹減ってないって言ってなかった？」

「そうなんだけど……あ、そうだ。今の時間なら駅前にたい焼き屋さんが――」

「行く！」

「即答かよ……。よし、じゃあ行くか？」

満面の笑みで歩く晶の横で、俺はやれやれと笑顔を浮かべる。

「やったぁ！　たい焼きさん、たい焼きさん～」

本当はダメだと自分でもわかっているが、もう少し甘やかしておきたい。

あと一ヶ月もすれば、おそらく甘えてもいられない状態になるかもしれないから。

もう少し、この無邪気な笑顔を見ていたいと思う俺は……いかんな。

光惺と同じくらい厳しくしなければいけないと思うのだが、でも、今はまだ……。

＊＊＊

その週の二月二十六日土曜日の昼過ぎ。

今日は朝から晴れ間が見え、昼過ぎになるとすっかり太陽が見えていたが、夕方から明日にかけてまた崩れるらしい。

ランチタイムが終わり、若干空いてきた洋風ダイニング・カノンへ、建《たける》さんは時間通りにやってきた。

早く着いて先に待っていた俺と晶は、手を振って建さんを呼ぶと、建さんは若干申し訳なさそうな顔で近づいてきて、

「いや～、上田《うえだ》の件はすまん！」

と、開口一番それだった。

「あの日は、みづきちゃんから弟の引退式をやるって話を聞いててな、ちょっと見に行ってみたら、たまたま上田が土手で突っ立ってたんだよ——あ、俺はホットで」

テーブルのそばを通りかかった、天使のような銀髪の可愛《かわい》い店員さんに伝えると、彼女は会釈《えしゃく》して去っていった。

「最後の打席で兄貴が打つかどうか賭けをしたって聞いたよ」

晶《あきら》が言うと、建さんは「そうそう」と言って俺を見た。

「いや～、すごかったぜ、真嶋《まじま》。おかげで勝たせてもらった」

「ん～……それについてはちょっと複雑なんですが……」

俺が打てない方に光惺が賭けた、友達なのに、と話したら、建さんは大笑いした。

「逆逆、上田のやつは友達だから打てないほうに賭けたんだ」

「どういうことです？」

「あいつはお前が打つと思ってた。で、打たないほうに張った」

「わざと、負けたってことですか？」

「……たぶんな」

俺と晶は同時に首を捻《ひね》る。

「もともと芸能界《こっち》戻るきっかけがほしかったんだよ。賭けに負けたら仕方がないって言い訳も立つだろ？」

「でも、打てるかどうかなんてわからないですよね？　半ば運みたいなものだったし」

「そこは意地でも打つってわかってたさ」

「どうしてです？」

「晶の兄貴だからな。晶の手前、ダセェ姿は見せられんだろ？」

建さんがニヤリと笑うと、俺はなんだか照れ臭くなってそっぽを向いた。

「まあでも、あんな馬鹿げた賭けに乗ったのは、お前だからだ。てめぇの人生がかかった大博打《ばくち》。そんな賭けなんか受ける必要なかったのに、上田は負けるほうに賭けた。つまり、上田を芸能界に戻したのは、真嶋、お前だよ」

結果オーライ？　なんだか俺のせいと言われているようで釈然としない。

「それを言うなら、光惺に声をかけた建さんのほうでしょ？」

「俺？　俺は賭けようって言っただけだ。面白半分で」

「あなたって人は、もう～……」

俺がどっと肩を落とすと、晶がまあまあと俺の肩に手を置く。

「ところで、お父さんはどうして上田先輩が子役をやってたこと知ってたの？」

「ん？　どういうことだ？」

「だいぶ前に辞めちゃってたわけだし、成長する前と後で見た目も変わってるよね？」

「ああ、そのことか……」

建さんはふっと笑ってみせた。

「花音祭《かのんさい》のとき、最後に上田が舞台に立ったろ？　妹を抱っこして、キザなセリフまで吐いて」

「ああ、うん」

「あのあと気になってな、調べた。つっても、知り合いに聞いたんだよ」

「知り合い？」

「ああ。昔からの知り合いだ」

建さんはそれ以上なにも言わず、運ばれてきたホットコーヒーを一口含んで、ほうと息を吐いた。

「ま、なんにせよ、うちの事務所を選んだのは失敗だったかもしれねぇ」

「光惺をマネージメントする力がないってことですか？」

建さんは苦笑いでコクリと頷《うなず》く。

「富士見《ふじみ》プロモーション系列ならすぐにでも仕事が見つかっただろうに、あえてうちみたいな小さな事務所にしたんだ。こっからあいつは相当苦労しなきゃならねぇ――」

コーヒーカップをソーサーの上に置きながら、建さんは続ける。

「――世間はもう子役の上田光惺を忘れてるだろう。うちの事務所じゃ、裸一貫で出直すには、ちと難しいかもしれねぇな……」

それは、なんとなく想像できた。

結城学園に入学してから今まで、光惺が元人気子役だという噂《うわさ》が上がったことがない。

かつての威光は遠く霞《かす》んでしまい、大手事務所のようなバックアップも見込めない。

これから露出が増えていけば、思い出してくれる人も一定数いるとは思うが。

「そうだ、妹ちゃんのほうは順調か？」

「ひなたちゃん？　ひなたちゃんならすごくよく頑張ってるよ……あ、でも……」

「ん？　どうした？」

「うん……あのね――」

晶は最近のひなたと光惺の件を建さんに話した。

建さんはすべて聞き終えると、「そうか」と言って苦笑いを浮かべた。

「……まあ、俺も勝手に家を出た身だ。上田を誘ったのも俺だから言いにくいんだが、表に出る言葉が全てとは限らないんじゃねぇのか」

「どういうこと……？」

建さんはそっとコーヒーカップの内側に目を落とす。

「どうしても言葉ってやつは厄介だ。伝わりすぎちまうこともあるし、思ったことと逆を言っちまうこともある。で、一度吐いた言葉は取り返しがつかねぇ。だから、語らずに自分の中に置いておくんだ」

それはなんとなくわかる。今の光惺とひなたがまさにそうだから。

伝えたいこととは反対の裏腹な言葉、刺々《とげとげ》しい態度を互いにとり続けている。本当に伝えたい言葉は、気持ちは、べつにあるのに。

わかっていても……わかっているから口に出すのは難しいのかもしれないが——

晶は建さんの言葉を聞いて俯《うつむ》いた。

「どうしてそうなっちゃうんだろう……大事な人に理解してもらいたいって思うのが普通じゃないの？　言わないと伝わらないことだってあるのに……」

「世の中にはそういうタイプの人間もいるってことだよ」

「それは、辛《つら》くないの……？」

「ああ、辛いかもな……。だが、それが『忍ぶ』ってことだろうな……」

「忍ぶ……？」

建さんは小さな子を見るときのような目で晶を見つめる。

「本音を言えば自分はスッキリするかもしれねぇが、言われた相手に迷惑をかけるかもしれねぇ。心配をかけるかもしれねぇし、傷つけるかもしれねぇ」

するとと建さんは「忍」と空書きしてみせた。

「心の上に刃《やいば》を乗っけて、当然自分の心は傷つくし痛い。だが、相手を傷つけるよりははるかにマシな心がけだ。だから自分一人で抱えて、堪《こら》えなきゃならねぇ」

「それは、本当に正しいの……？」

建さんは肯定も否定もせず、コーヒーカップに目を落とした。

「……大事な人のために、言わなくていいことだって世の中にはあるんじゃねぇのか？」

俺と晶は押し黙った。

「……ま、妹のほうは、とっくに上田の気持ちに気づいてるんだろうけどな」

「え？　どうしてわかるんですか？」

「まあ、今の話を聞くぶんだと――」

建さんはコーヒーを口に含んで苦そうな顔をした。

「――たぶん妹が納得できねぇのは、どうして自分がそばにいるのに上田が一人で行こうとするのかってところだ。兄妹《きょうだい》で支え合って進んだら楽になるかもしれねぇのに。……いつまでも頼りない妹だと思われてるのが寂しいんだろうな」

「あの、じゃあ光惺《こうせい》は……？」

「おおかた、自分が妹のそばにいたら迷惑をかけるって思ったんだろうよ。うちの事務所にしたのも妹と離れるため……でもま、本当は上田だって寂しいし、妹と離れたいとは思ってないんだろうけどな……」

建さんから見た上田兄妹それぞれのスタンスの違いはそんな感じだった。

一点だけ共通点があるとすれば、どちらも孤独を感じているということだろう。

俺と晶が気まずい表情を並べていたら、建さんがふっと優しい笑顔を浮かべた。

「まあ、できたらあの兄妹を支えてやってくれ。お互いに寂しいだろうからよ」

俺と晶は快く返事した。

そのあとオーディションに向けて、建さんからも色々とアドバイスを受けた。

自己紹介、自己アピールで必要なのは、熱意を伝えるだけでなく、将来性があるかどうかまで判断されるという。

「それってどうやって伝えればいいの？」

「具体的に五年後、十年後、どんな役者になっていたいかをハッキリ伝えればいい」

俺はすかさずメモをとる。

「どんな、役者か……」

「ああ。どんなのでもいい。具体的にやってみたい仕事とその理由、それから今まで学んだこと、具体的なエピソードなんかもあるといいな。あとは自分の武器はなんだとか」

そうして建《たける》さんのアドバイスを参考にしながら、少しだけ練習に付き合ってもらった。

さすが多くのオーディションを受けているだけに、質問の内容は俺たちでは思いつかないような役者のことについてのものばかり。

相手が実父だとはいえ、晶もだいぶ緊張しながら練習に励んでいた。

そうして練習に付き合ってもらっていたら、ふと建さんは腕時計に目をやった。

「いけね、このあと仕事が入ってるんだった。それじゃあ、またほかになにか知りたいことがあったら電話くれ。ＬＩＭＥでもいい」

「はい、わかりました」

「ありがとう、お父さん」

建さんはくたびれた長財布から千円札を二枚抜き取ると、テーブルの上に置いて、慌てて立ち上がった。

「晶、ひとまず目の前のオーディションに向けて頑張れ。なに、そこにいる兄貴がそばにいりゃあ大丈夫だ」

晶の頭に建さんのゴツゴツした手が置かれる。

「俺の娘なら大丈夫だ。堂々と強気で行け。いいな?」

最後ににこりと笑って、建さんは慌てた様子で店をあとにした。

＊　＊　＊

建さんと別れたあと、俺と晶《あきら》はフジプロAにやってきた。

今度オーディションを受ける晶が、慣れない場所でテンパらないようにと、オーディション会場の下見をすることにしたのだ。

そこはオフィスだけでなく専用スタジオもある大きなビル。さすがは大手事務所なだけあって、外観からして綺麗《きれい》で立派だし、すぐに中に入るのは躊躇《ためら》われた。

隣に立つ晶がゴクッと唾を飲み込む音が聞こえる。俺も少し緊張気味だ。

「じゃ、行くか」

「うん……!」

事前にフジプロAの敏腕マネージャーこと新田亜美《にったあみ》さんにその旨《むね》を連絡している。

わざわざ案内してもらえるらしいが、直接会うのは久しぶりで余計に緊張する。……なにか小言を言われないか心配だ。

入ったところの受付で、係のお姉さんに新田さんに用があってきた旨を伝えると、少し待つように言われた。

俺と晶は手持ち無沙汰に、壁に貼られているポスターを眺めたりしていたのだが――

「あれ？　あの子……」

ふと、俺はエレベーターから降りてきた女の子に目がいった。

晶と同じヘアピンをつけている。晶も俺の視線の先を見て「あ」と口に出した。

すると、女の子もこちらの様子に気づき「あー！」と声を出し、パタパタと駆け寄ってきた。

「あきらおねえちゃん、りょーたおにいちゃん！」

やっぱり――以前、俺たちがプールで出会った女の子、すずかだった。

「こんにちは、すずかちゃん」

「こんにちはーっ！」

「僕のあげたヘアピン使ってくれてたんだね？」

「うん！」

晶がニコニコとしながらすずかの頭を撫《な》でる。すずかも再会できて嬉《うれ》しそうだ。

プールのときとは打って変わって、元気いっぱいの姿が可愛《かわい》らしい。

それにしても、ここに所属する子役タレントさんだったのだろうか。まさかこんなところで再会するとは思っていなかったのだが、これも巡り合わせなのかもしれない。

するとそこに、すずかと同じエレベーターに乗っていたメガネの男性も近づいてきた。

「すみません、うちの娘と知り合いですか？」

男性はすずかの父親だったようだ。

柔和《にゅうわ》な笑みを浮かべていて、いかにも優しそうな人だ。

「はい。俺たち、すずかちゃんと前に会ったことがありまして――」

「パパ、プールのときの！　このヘアピン！」

すずかが晶のあげたヘアピンを指差すと、父親ははっと思い出したような顔になった。

「ああ、君たちがすずかをプールで助けてくれた人でしたか。私は小深山《こみやま》と申します。その節は本当にありがとうございました」

大人の男性に深々と頭を下げられて、思わずこちらも恐縮しながら頭を下げる。

「いえいえ、大したことはしていませんので……」

「あの、よろしければお名前を教えてください」

「真嶋《まじま》涼太《りょうた》です。こっちは晶です」

「どうも……」

俺たちが自己紹介をすると、小深山さんは少し考える素振りをした。

「マジマ、リョウタくん……マジマ……」

「あの、どうしました？」

「ああ、いえ……知り合いに同じ苗字《みょうじ》の方がいるもので」

「はぁ……？」

俺が首を傾《かし》げると、小深山さんは晶のほうを向いて微笑を浮かべた。

「それにしても、弟さんカッコいいですね？　中学生さんですか？」

「……え？」

俺と晶は同時にポカーンとなった。

「え？　弟さんですよね？」

「いえ、俺の義妹《いもうと》です……あははは……」

「あ、えっ⁉　し、失礼しましたっ……！　あまりに美形だったもので……！」

また深々と頭を下げられたが、どうやら小深山さんはおっちょこちょいな人のようだ。

「ああ、いえ、気にしないでください！」

「……僕は気にするのだけれど？」

小深山さんたちはこのあとなにか急ぎの予定があるらしく、その場で連絡先を交換する

ことになった。

すずかを助けたお礼がしたいと言われたが、お礼されるほどのことはしていないといったんは断ったものの、どうしてもと言われて断りきれなかった。

「すみません、それじゃあ我々はこれで」

「じゃーねー！　りょうたおにいちゃん、あきらおねえちゃん！」

手を振って見送ると、晶がぼそっと口を開く。

「まさか兄貴と同じ勘違いをするなんてね？」

「……ごめんなさい」

まあしかし、これで俺だけが間違った感性をしているわけではなかったことは証明された。弟と妹を間違えることだって世の中にはあるということだ。……あってはならないが。

「すずかちゃんとまた会えて良かったね？　元気そうだし良かった」

「ああ。今度時間があるとき、ゆっくりと話せたらいいな？」

そんな感じで、偶然の再会を果たすことができた俺たちは、少しほっこりした気分で見送ったのだが、そのタイミングで新田さんがやってきた。

「お待たせしちゃってごめんなさい。涼太くん、晶ちゃん、お久しぶりね？」

「お久しぶりです」

「どうも……」

軽く挨拶を交わすと、新田さんは去っていく小深山親子を見た。

「あら？　あの人は……」

「小深山さんを知っているんですか？」

「……ええ、まあ」

新田さんの目が一瞬鋭くなったのを俺は見逃さなかった。

「フジプロAの関係者の方ですか？　すずかちゃんは、所属タレントとか？」

「そのうち知ることになるだろうから、今は――」

すると新田さんは急に踵《きびす》を返した。

「ごめんなさい、じつはこのあと予定があって……案内するからついてきて」

「え？　あ、はい……」

新田さんはそのあとビル内を案内してくれて、オーディションのことについても軽く説明をしてくれたりしたが、小深山さんの話が出ることはなかった。

2 FEBRUARY

2月26日（ 土 ）

今日はお父さんと久しぶりに会った！

最近お父さんは忙しいみたいであまり連絡取れてなかったけど、会いに来てくれて嬉しかった！

上田先輩と賭けをしたときのことを話してたけど、やっぱり上田先輩は芸能界に戻るきっかけがほしかったんだろうってお父さんは言ってた。兄貴が打つ前提で「打てない」に賭けたのかなって。

そう思うと、上田先輩は兄貴のことを信頼してるんだなって思った。

お父さんと同じ事務所になったから、とりあえず安心していいのかな？ なにかあればお父さんが上田先輩のことを助けてくれることは、ひなたちゃんに伝えておこうかな。

一個だけ、「忍」って言葉が印象的だった。

言いたくても言えないこと、言わなくていいこと、言ったら相手に迷惑をかけてしまうかもってこと、たしかにあるかも……。

上田先輩は、ひなたちゃんに伝えられないことがあるのかな？

ひなたちゃんに伝えたらダメなことってなんだろう？

ひなたちゃんは、上田先輩の素直な言葉なら受け入れられる気もするけどなぁ……。

そのあとお父さんからオーディションのアドバイスをもらってバッチリ！

なるほど、そうかって納得することが多かったし、やっぱりお父さんに相談して正解だった！

合格目指して頑張るぞー！ あ、それとものすごい偶然が！

お父さんと別れたあとにフジプロAに行ったら、なんと、このあいだプールで知り合ったすずかちゃんと再会した！

私のあげたヘアピンを使ってくれてて、名前も覚えてもらえてて嬉しかったなぁ！

ただ、一つだけショックなことが……。

すずかちゃんのお父さん、小深山さん？に私、弟だって間違えられちゃった……。義妹です……。

美形だって言われたけど、うーん……。兄貴以外の人に間違われるのは初めてなんだけど、私って女の子っぽくない？ 明日からメイクしようかしら？

第8話「じつは卒業式が間近に迫りまして……」

カレンダーがめくれ、今日から三月になった。

今週の金曜日、三月四日は卒業式で、準備が着々と進行している。

前日準備は、生徒会執行部から御達《おたっ》しがあり、各専門委員会、各部活動に準備場所と役割が割り振られ、演劇部はステージ準備をすることになったと西山《にしやま》がみんなに伝えた。

「──ってことで、演台のほかに、照明やマイクの準備をするそうです。機材の調整は執行部に任せていいそうなので、うちらは必要な物をステージに運んだりするだけです。卒業式のあとの片付けについてはステージに運んだ物を元に戻す感じですね」

ちなみに専門委員会の準備が優先だそうで、演劇部の準備については残った部員だけで進めるらしい。

とはいえ、部員の中でなにかしらの専門委員会に所属している者はいないため、いつも通りの八人でステージ準備と片付けをすることになった。

そうして、ひと通り卒業式のことを伝え終わった西山は、明るい表情を浮かべた。

「それと、三月のイベントですが、終業式の午後は予定を空けておいてください」

「二学期みたいに打ち上げをするのか？」

「ええ。ただ三学期の打ち上げというより、一年間を締め括《くく》る感じですね——」

西山は立ち上がると、黒板にチョークでカッカッカッと文字を書き始める。

打ち上げの名前のようだが——

「題して『一年間お疲れさんさんサンキュー会』です！」

——やっぱ絶妙にダセエなおい……。

「西山、そのネーミングセンス、なんとかならないのか？」

「あのですねー、これは私がつけた名前とかじゃないです」

西山は不服そうに言う。

伊藤《いとう》のほうを見るとコクリと頷《うなず》いてみせた。

「二学期の『お疲れサンタ祭り』と同じように、もともとあった演劇部の恒例行事だったらしいですよ」

「まあ、たしかに同じ系統の名前だけどさ……」

しかし、先輩たちがどういうテンションで名前をつけたのかは甚だ疑問だ。

「ダサい行事名を伝統として引き継ぐ必要はないと思うんだけど……」

呆《あき》れながら苦言を呈すると、ほかの部員たちも苦笑いを浮かべている。

「ま、名前はなんだっていいじゃないですか。みんなで楽しく打ち上げできれば」

それについては満場一致で同意。内輪で盛り上がることについてはなんら問題ない。

「ってことで、三月二十三日の予定は決まりです。各自卒業式準備を頑張りましょう！」

西山が部長らしく宣言すると、部員たちから明るい声が漏れる。

「兄貴、楽しみだね？」

「ああ」

笑顔の晶《あきら》に水を差したくなかったので言わなかったが、もしかするとこれは俺たち真嶋兄妹《きょうだい》とひなたが参加できる最後の行事かもしれない。

オーディションに合格したあとは芸能関係の仕事が入ってくる。演劇部を辞めるわけではないが、なかなか部活に参加できなくなるだろう。

そうなると、この演劇部とも、西山たちとも――いや、まだわからないか……。

終業式は三月二十三日。三学期も残すところわずかだなと、無理やり頭の中で話題を切り替えた。

「今度の日曜日かぁ……。緊張してきたな~……」

「わかる。まだ準備が足りない気がして眠れなくて……」

「そうそう、僕も少し寝不足気味……」

いつものように晶とひなたと三人で帰っていると、二人がそんなことを話し始めた。

晶とひなたのオーディションが差し迫っている。

三月六日の日曜日。

いよいよか、と俺まで緊張してきた。

かくいう俺も、その前日の五日にフジプロAの社内研修に特別に参加することになっている。いちおうスーツとネクタイ着用とのことで、それら一式は親父《おやじ》から借りていた。

本当に高校生が混じっていいものだろうか。

新田《にった》さんに無理をお願いした手前、彼女のメンツを潰さないようにしなければならないのも、俺にとっては相当プレッシャーだったりする。……怒らせたら怖そうだし。

ちなみにそのあとの流れとしては、晶とひなたの合格発表が三月中旬。

合格し次第、俺はサブマネージャーとして正式雇用となる。

「ひなたちゃんは準備万端?」

「いえ、やはり緊張します。うまくできるか……」

「僕も一緒に行くから、お互いに頑張ろうね？」

「うん！」

笑顔で励まし合うのを見ていて、彼女たちならきっと大丈夫だろうと思った。

とにかく今は、この二人のオーディションに向けて集中しよう。

＊＊＊

翌日、三月二日水曜日。

若干朝に冷え込んだものの、昼過ぎには少しだけ気温が上がっていた。少しずつ春の気配が近づいてきている。ただまあ寒いは寒いので、教室からはあまり出たくない。

それはほかのクラスメイトたちも一緒で、昼休みはそれぞれ仲の良い者同士集まって、雑談に花を咲かせていた。

星野《ほしの》は部活の集まりがあり、結菜《ゆいな》も職員室に用があるとかで、今は光惺《こうせい》と二人きりだ。

考えてみればずっとそれが当たり前だったのだが、こうして星野と結菜がいないと、なんとなく会話する内容が限られてくる。

「光惺、星野さんと結菜へのプレゼントは決まったか？」

「まだ。お前は？」

「晶と相談してたんだけど、なんかピンとこなくてさ……」

「ふーん……」

光惺はそう言うと、怠《だる》そうに机に突っ伏した。

「……最近、ひなた、どう？」

光惺からひなたの話題が出たので少し驚いた。

「どうって……ひなたちゃんなら、オーディションに向けて晶と頑張ってるけど？」

「そっか……」

「気になるなら直接本人と話せよ？」

「……ま、気が向いたら——」

それから光惺は突っ伏したまま、すぐに寝てしまった。だいぶ疲れているみたいだ。

光惺もオーディションに向けて追い込んでいる様子だし、ブランクを埋めるのに必死なのかもしれない。

＊　＊　＊

放課後、日直の仕事で職員室に向かう途中、偶然ひなたに会った。

「お疲れ様です、涼太《りょうた》先輩」

「お疲れ、ひなたちゃんも職員室？」

「はい。日直の仕事で」

「俺も。良かったら一緒に行こう」

考えてみると、ひなたと二人きりになるのは久しぶりだ。こういうときはだいたい光惺の話になるのだが、俺は遠慮してべつのことを口に出した。

「オーディションの練習はどう？　順調？」

「はい。晶と一緒に練習していて良い感じです。晶、すごいスラスラと言えてますね？」

「建《たける》さんのアドバイスが効いているみたいだ」

一つ、建さんのアドバイスの中でなるほどと目から鱗《うろこ》だったことがあった。

晶はどうしても他人の前だと人見知りが発動してしまう。面接でそれが出ないようにするためにはどうしたらいいか、建さんに助言を求めたところ――

「――オーディションを受ける人を演じるってことで、ひなたちゃんが練習相手になってくれて、ほんとありがたいよ」

「ふふっ、なんだか自分と面接しているみたいで恥ずかしいですけどね？」

つまるところ、晶は素《す》の自分で面接を受けようとするから人見知りが出てしまうので、そこを演技力でカバーすればいいという建さんからのアドバイスだった。

そこで「役」として選んだのは、明るくてハキハキしたひなた。

もちろん質問についての回答は晶自身のことだが、仕草や表情、性格をひなたから借りることにしたのだ。

これが功を奏したのか、面白いほど晶のたどたどしさがなくなった。

家で、面接練習に付き合ってくれた親父や美由貴《みゆき》さんも「別人みたい」と驚いていたが、実際晶はひなたを演じていたりする。

「ほんと、ひなたちゃんがいてくれて助かったよ。ありがとう」

「いえいえ……あ、そうだ」

そこでひなたは少しだけきまりが悪そうな顔をした。

「お兄ちゃんもオーディションが近いですよね？　教室だとどうですか？　なにか言ってませんでしたか？」

光惺からひなたの話が出た日に、今度はひなたから光惺の話か。

こういうのも久しぶりで、思わず顔がほころんでしまう。

「光惺も頑張ってるみたいだよ。ただ、最近は特に怠そうにしてるかな？」

「そうですか……お兄ちゃん、季節の変わり目によく体調を崩すしなぁ……」

「え？　今までもそうだった？」

「はい。でも、体調を崩さないようにこっちで管理していたので」

「ははは……今さらだけど、あいつ、ひなたちゃんに負《お》んぶに抱っこだったんだなーって思うよ」

もしかすると、このタイミングなのかもしれない。

「心配なら、あとで連絡してみたら？　今はまだ帰ってる途中だろうし」

それとなく提案してみた。

「……それは、やめておきます。このタイミングで連絡しても、向こうは迷惑だって言ってくる気がしますし」

「そうか……」

表情を暗くしたひなたを見て、失敗だったかと思った。

──すると。

「……ん？」「あ……」

職員室から光惺が出てきて、ひなたと鉢合わせになった。このタイミングは……もしかすると悪いほうかもしれない。

ひなたが先に口を開く。

「……職員室になんの用だったの？」

「べつに。お前には関係ないだろ？」

「っ……！　ちょっと訊《き》いてみただけじゃん！」

「いちいち詮索されるのは鬱陶しい。つーかキレんな」

光惺の言い方がいつもより刺々《とげとげ》しい。

表情に余裕がないというか、どちらかというとキレているのは光惺のほうだ。

などと悠長に分析している暇はない。

「光惺、職員室に呼び出しか？」

おどけたように光惺に話しかけると、光惺はため息をついた。

「ま、べつに。たいしたことない。つーかもう帰るから。じゃ――」

光惺はそう言うと足早に去っていった。

「なんだよあいつ……あんなにキレなくても」

「いえ、どちらかというと……」

「え？」

「あ、いえ……なんでもありません」

ひなたの表情が曇ったのが少し気になったが、とりあえず日直の仕事を終わらせて部室に向かうことにした。

＊　＊　＊

部室の前までくると、ひなたはジャージに着替えるために先に部室に入っていった。

女子たちが着替えているあいだは部室の前に「着替え中」の札がかかっていて、俺はこうして待つのだが、廊下はまだ寒い。

以前、着替え中のところに入ってしまったことがあった。

あれは完全に不可抗力だったが、さすがにもうあんな気まずい思いはしたくない。

すると、部室から上着を脱いだ姿の晶《あきら》が出てきた。

スカートから中途半端《ちゅうとはんぱ》にシャツが出ている。たまに家で見かける格好だ。

「晶、どうした？」

「兄貴、やっちゃった……。ジャージ忘れちゃった……」

「そうか。じゃあ今日は制服のままやるしかないな？」

「ううん、兄貴のクラス、今日体育あったよね？　ジャージ持ってたら貸して」

「え？　俺の？」

持っているには持っているが、しかし……。

そんなに汗をかいていないが、一回着たものを貸すのはなんだか抵抗がある。

「お願い、早くー」

「わかったって……」

しぶしぶ鞄《かばん》からジャージを出して渡すと、晶は嬉《うれ》しそうにそれを受け取り、そのまま顔を埋《うず》める。……って、なにしてんだ？

「ふわ～、兄貴の匂いぃ～～～……」

言いながら、晶はニコニコと頬を赤らめて嬉しそうにしている。

「変態っぽいからやめろ……」

「えへへ～、じゃあ兄貴、またあとで～」

晶は再び部室に入る。

俺は廊下で一つため息をついて、また廊下でぼんやりと着替えが終わるのを待った。

部活が始まると、晶だけブカブカなジャージ姿で、しかもそれは俺が一回着たものだから、なんだか複雑な心境だった。

「兄貴、これ、ありがとね」

晶はニコニコと嬉しそうに腕を広げてジャージ姿を見せるが、袖から手が出ていない。

「いや、いいけどさ……」

なんだか恥ずかしい。

晶から顔を逸《そ》らすと、ちょうどそこにいた西山《にしやま》と目が合った。西山はチッと小さく舌打ちをして面白くなさそうな顔をする。

一時期、気になる男子や彼氏のジャージを女の子が借りるという話が流行《はや》ったが……いやいや、こんなのただの兄妹《きょうだい》あるあるだから。

「真嶋《まじま》先輩、今日も備品リスト作りを手伝ってもらっていいですか？」

「あ、うん。わかった」

伊藤《いとう》に頼まれ、俺は笑顔で了承した。

晶の格好が気になるが、俺は考えないようにしようと、伊藤の手伝いに没頭した。

その翌日、光惺《こうせい》は学校に来なかった――

＊＊＊

「――だる……」

俺こと上田《うえだ》光惺は布団《ふとん》にくるまって全身の寒気に耐えていた。

スマホを引き寄せてみると、三月三日の朝八時。

今から起きて学校に行く準備をして、多少遅刻はするだろうが、行けなくもない。

身体《からだ》を起こす。

が、全身が筋肉痛になったときのように怠《だる》くて関節も痛い。熱があるときの症状だ。

目を動かすと痛いから、瞑《つぶ》ってるほうがまだマシだ。

（やべ……これ、マジで身体が動かねぇ……）

昨日はなんとか持ちこたえた。

けれど、夕方になってからどんどん体調が悪化し、家に帰ってすぐにベッドに横になった。

一晩寝たらなんとかなるだろう。

そう思ってそのまま眠りについたが、朝になっても体調が元に戻らない。それどころか、昨日より怠さが増した。なにも食べなかったせいだろうか。
でも、学校に行かないと。
ひなたに心配はかけられない。
いや、ひなたは心配するはずもないか。
不甲斐《ふがい》ない兄、自分勝手な兄——そんな兄にそろそろ愛想《あいそ》を尽かしたころだろう。
昨日、久しぶりに職員室の前でばったりと鉢合わせした。
そのときはなんとか体調の悪さを誤魔化したが——
もう一度身体を起こしてみる。
やはり身体が怠い。皮膚が服の生地とこすれるだけでぞわりとする。
もう少し眠れば良くなるかもしれない。
もう少し、もう少しだけ——

＊　＊　＊

——意識が遠のく。
なぜか急に過去の記憶が思い出された。

それは天才子役『上田光惺』だった時代。

そのころの俺は、笑顔で過ごすのが当たり前だった――


「――カ――――ット！」

監督の大声が撮影現場の公園に響き渡る。

「アッキー、光惺くん、もうバッチリ！　お疲れさ～ん！」

「ありがとうございます！　えへへへ！」

監督に褒められて笑顔を浮かべる俺。

そこに共演女優の『アッキー』こと荒垣佑美《あらがきゆうみ》が笑顔で寄ってくる。

「光惺くん、ほんとお芝居上手だね～」

「ありがとうございます！」

「じゃあ次の現場もよろしくね―」

「はい！　ありがとうございました――！」

ニコニコして言う通りにしていれば大人が喜ぶ――そこまで打算的に考えていたわけではなかったけれど、みんな満足しているならそれで良かった。

同行していた母さんが、木陰でマネージャーの新田《にった》さんとなにか話している。

「……社の方針としては──」

「……ひなたを、そうですか……──」

どちらも眉根を寄せて悩んでいるように見えた。たぶん子供が聞いてはいけない話なのだろう。今は近づかないほうがいい。子供心にそう思った。

撤収する大人たちのあいだをすり抜け、俺はひなたを探した。

ひなたは一人静かにベンチに座って俯《うつむ》いていた。

痩せたうなじを陽《ひ》が灼《や》いていた。そっとひなたの後ろに立って日陰をつくると、人影ができたのに気づいて、ひなたが振り返る。

「あ……おつかれ、お兄ちゃん」

「ありがと。さっきの僕、どうだった？」

「……ごめん。見てなかった……」

ひなたの表情が曇った。

「そっか。それよりどうしたの？　なにかあった？」

「先生にまたしかられちゃった……」

先生とは、養成所の先生のことだろう。

「どうして？」

「……ヒナ、お兄ちゃんみたいにできないから」

ひなたはそれきり口をつぐんだ。

俺は横に腰掛けてひなたの頭に手を置く。

兄として、なんとかしてやりたいと思った。

ひなたのデビューが遅れていると、両親が家でこっそり話していた。レッスンが上手《うま》くいっていないらしい。

ただ、理解のある両親だったから、その原因がなにであるかはさておいて、俺とひなたを比較することはしなかった。

光惺は光惺、ひなたはひなた、そんな感じで。

両親が平等に愛情を注いでくれたことに今でも感謝している。

けれど、周りの大人たちは違う。

先にデビューした俺がドラマの子役やＣＭに起用されていく一方で、いまだにデビューすらままならないひなたを冷たい目で見ているように、俺の目には映っていた。

天才子役である兄の妹——それは引き立て役とは違う。

常に比較される対象として、世間から注目を浴びる存在になる。ただの兄妹でいられたらいいのに、それは難しいと、ほかのきょうだいタレントを見ていてわかっていた。

兄として、なんとかしてやりたい。

けれど、俺とひなたのあいだにはどんどん差が広がっていった。光が強くなれば影が濃くなるように、俺は笑顔で、ひなたは泣き顔で……。

そしてある日、ふと振り返ると、ひなたがいなかった。

いつも撮影現場についてきて、邪魔にならない隅っこで、元気に笑いかけてくれていたひなたが。いってらっしゃい、おかえりと、笑顔で送り出し、迎えてくれたひなたが。

理由を訊《き》いたら、ひなたがデビューに向けて忙しくなったのだと新田さんが教えてくれた。

けれど――

「『上田ひなた』でデビューするんじゃないんですか……？」

「そう……芸名というかたちで、ほかの名前で」

「どうしてですか？」

「光惺くんが注目されているから、ひなたちゃんにも当然目が向くのだけど……」

「ダメなんですか？　『上田ひなた』のままじゃ？」

新田さんは、いっそうきまりが悪そうな顔をした。

「ひなたちゃんはね、君と比べられる人になっちゃうの。それが大変だって心配する大人もいるの……。だから、兄妹としてではなく、光惺くんは光惺くんのまま、ひなたちゃんはひなたちゃんとして……」

「なにを言ってるのか、わからないです……」

するとと、新田さんは諦めたような、悲しい顔をした。

「……子役タレント『上田光惺』には、妹はいない。そういうこと……」

「っ……!?」

そのとき俺は急激に理解した。

兄として、なんとかしてやりたかった。

けれど、実際はひなたを追い込んでいたのは自分だったのだ。

最初は、兄としてひなたを引っ張っていきたかったのに。

頑張っている姿を見せたかっただけなのに。

それはかえってひなたを追い込むことにしかならなかったということだ。

結果的に、兄妹で仲良く芸能界でやっていくという夢も潰《つい》えてしまった――

「――カ――――ット！」

監督の怒鳴るような声がスタジオに響き渡る。

「……光惺《こうせい》くん、どうしちゃったのぉ？　今の場面は思いっきり笑う場面でしょ～？」

「監督、すみません……」

「光惺くん、どうしたの？　気分でも悪い？」

「ごめんなさい、荒垣さん……迷惑かけちゃって……」

急にＮＧが増えていった。最初はスランプだろうと周りがやけに気を使ってくれたが、徐々にスタジオがピリついていくのがわかった。

監督も、スタッフも、周りの演者も『上田光惺』に期待外れだと言わんばかりの視線を向けてくる。

笑えない。どうして面白くもないのに笑っていられるのだろう。

仕事だから？　……仕事だからか。

スタジオのトイレの鏡で自分を見た。

顔面に貼り付けられた笑顔が歪《いびつ》にひしゃげている。ひどく吐き気がした。

こんなのは、俺じゃない。

俺は、なにをしているのだろう?

いつの間にかひなたを置き去りにして、大人たちに笑顔を振りまく「天才子役」に成り下がっていた自分——それがなんだかひどく滑稽《こっけい》にさえ思える。

顔面に笑顔を貼り付けたピエロ、それが天才子役『上田《うえだ》光惺』の正体……。

——もう、これ以上は無理だ。

そう感じたとき、ふと、ひなたの笑顔を思い浮かべた。

懐《なつ》かしいと感じるほどに、ひなたのあの屈託のない無邪気な笑顔を最近見ていない。

兄として、なにかできることは……そうか、辞めたらいいのか。

ひなたを悲しませる元凶が身を引けばいい。

ひなたはデビューが決まっている。

今まで応援してもらったのだから、これからは俺が応援する立場になればいい。

いや、ひなたを言い訳に使うのはもうよそう。自分のせいでと感じたら、きっとひなたはこれから先ずっと、あの笑顔を俺に向けてくれなくなるかもしれないから——

そのドラマの撮影のあと『上田光惺』を辞めると新田さんに伝えた——

3 MARCH

3月2日(水)

うえへへへ……。

今日の放課後、兄貴からジャージを借りちゃった!

たまに、おうちで兄貴のパーカーを借りたりするんだけど、学校でジャージを借りるのは初めて。

ブカブカで、兄貴の匂いがして……兄貴に包まれている気分だったなぁ。

……ちょっとヘンタイ入っちゃった。

そういえば、着替えてるときにひなたちゃんが暗い顔してたなぁと思って、ちょっとだけ話をしてみた。

部室に来る前、職員室に行ったら、上田先輩とバッタリ会っちゃったんだって。

上田先輩、冷たい態度だったみたいだけど、ひなたちゃんはなにか気になってるみたい。冷たい態度を取られたからショックという感じじゃないみたい。

そういえばバレンタインデーからもう二週間以上経ってるんだよね……。

ひなたちゃんから上田先輩の話はあまり聞かなくなったし、べつべつに暮らし始めて、それぞれオーディションに向けて頑張ってはいるみたいだけど、寂しくないのかな?

もし私だったら……やっぱ寂しいなぁ……。

兄貴と二週間以上べつべつに過ごすなんて考えられないよ。

私はお兄ちゃん離れできないタイプだ、たぶん……。

お兄ちゃん離れというより、兄貴が兄貴だから離れたくない?

血が繋がってないから?

私だったら毎日通っちゃうかも。ううん、たぶん一緒に住む。

兄貴はモテるから、ほっといたら大変なことになっちゃうと思うし……。

ひなたちゃんは今どういう気持ちでいるのかな?

やっぱり、上田先輩のこと、心配してるよね……。

第9話「じつは友人が危うい状態に陥りまして……」

目が覚めてスマホを引き寄せると、時間は十三時を回っていた。

通知が何十件と入っていた。

あのあと二度寝してしまったらしい。学校に連絡しないまま休んだことになるので、もしかすると両親やひなたに連絡がいっているかもしれない。

──あいつに伝わったら、心配をかけるな……。

そのことが気がかりだったのだが、そのときリビングのほうで人の気配がした。

誰かがうちの中にいる。

その足音がだんだん近づいてくる。

そうして、扉からひょっこり顔を出したのは──ひなただった。

「お前……なんでいるんだ……っ⁉」

急に起き上がったせいで、頭がくらくらした。

全身の気怠《けだる》さは朝とあまり変わらない。ただ、頭がひんやりとした。いつの間にか冷却
「──っ……だる……」

シートが貼られていた。

「風邪引いたんでしょ？　まったく人騒がせな……」

ひなたは心配もあってか、多少怒っているようにも見える。

「だから、なんでいるんだよ……？」

「なんでって、学校を休んでるのに連絡がつかないって涼太《りょうた》先輩と星野《ほしの》先輩が心配してたの。言っときますけど、私は心配なんてしてませんからね？」

「あっそ……」

つんけんした態度だが、頬が赤くなっているところを見れば、素直に心配したとは言えないのだと思った。

まあ、それもそのはず。家を出てから今日までこっちが突っぱねる態度だったから仕方がない。ひなたはまだ俺に怒っているのだ。

「つーか、ここオートロックだぞ。どうやって家の中に――」

「そうそう、涼太先輩と晶《あきら》に薬局に行ってきてもらったの」

そう言ってひなたは薬局のロゴの入ったレジ袋から、風邪薬の箱や、冷却シート、それから体温計にドリンク剤を出して、そばにあったテーブルの上に並べた。

「呆《あき》れた。この家、救急箱はないの？」

「……ない。つーか涼太とチンチクリンは？」

「さっき帰ったところ」

あの二人にも迷惑をかけてしまったらしい。

——朝、学校に連絡入れときゃ良かった……。

「薬とかあるならもういい。心配かけて悪かった。でも、もう帰っていいぞ」

「はいはい。病人は寝てて。今からおかゆを作るから」

「いや、だからもう帰っても……」

「はいはい」

帰るつもりはないらしい。

こうなるとひなたは強情だ。俺がなんと言おうと、はいはいと受け流して、けっきょく自分のやりたいようにやる。

俺はうんざりしながら枕に頭を預けた。

「じゃ、熱、測っておいて——」

……ほんと、うちの妹は世話焼きすぎて困る。

俺は天井を見上げたままため息をついた。

＊＊＊

──ここからは、俺が涼太やひなたから聞いた話を繋《つな》ぎ合わせたここまでの経緯だ。

三月三日木曜日。朝からどんよりとした雲が空にかかっていたらしい。

今日の予定は三時間目まで授業、四時間目からは卒業式準備。生徒会などの一部の生徒は午後も残って卒業式準備をするそうだが、一般生徒は一斉下校となる。

「光惺くん、まだ繋がらない？」

「うん。こないだみたいにすぐ繋がると思ったけど……」

朝のホームルームが終わっても、俺の姿が教室になかった。連絡を入れていなかったから担任も首を傾《かし》げていたらしい。

千夏《ちか》と涼太が心配して、何度も連絡をくれていたらしいが、そのとき俺は熱にうなされていて、電話は繋がらないし、ＬＩＭＥの既読もつかない。

いったいどうしたのだろうと余計に心配をかけていたようだ。

「最近、雰囲気おかしかったよね？」

「ああ……オーディションに向けて自分を追い込んでたから……」

そんな感じで、最近俺が怠《だる》そうにしていたことを二人は知っていた。

昨日の放課後、ひなたとばったり会ったときも俺は体調が悪くて苛《いら》ついていた。

そこで、涼太からひなたに連絡がいったらしい。

ひなたからも連絡があったが、やはり俺はそのとき寝込んでいた。


そうして三時間目が終わった。

やはり連絡がつかないので、涼太と千夏はいったんひなたのところに行った。

一年のフロアに着いて教室を覗《のぞ》き込むと、ひなたは心配そうにスマホを手に持っていて、その傍《かたわ》らで晶も一緒に不安そうな表情を浮かべていたそうだ。

「ひなたちゃん、光惺から連絡は？」

「いいえ、まだ……」

「こっちもだ。ひなたちゃん、お母さんに連絡取れる？」

「それが、お母さんは今は福岡で……」

うちの母さんは単身赴任中の父さんのところに一昨日《おととい》から行っている。帰るのは来週で、ひなたがなんとかするしかなくなった。

「――わかった。じゃあ西山《にしやま》たちに声をかけてくる。卒業式準備のことは気にしなくていいから、ひなたちゃんは一刻も早く光惺の家に向かってくれ」

「わ、わかりました！」

ひなたは慌てて帰り支度を始めた。

「あの、私は……？」

「星野さんは光惺に連絡を取り続けてくれないかな？　俺はちょっと演劇部に行って事情を説明してくるよ」

「わかった！」

そのあと涼太は晶を連れて演劇部部長の西山のところに向かった。

俺が休んでいることと、ひなたを向かわせることを話したら、

「じゃあ真嶋《まじま》先輩と晶ちゃんも行ってください」

と、西山が言った。

「え？　いいのか？」

「ひなたちゃんだけ向かわせるほうが心配です。また上田先輩となにかあったら、あいだに入れるのは先輩たちしかいないので。卒業式準備はうちらでなんとかしますから、ほら、早く行った行った！」

「……わかった。じゃああとのことはよろしく頼む！」

「はい！　任せてください！」

それから涼太と晶がひなたのところに戻ると、すでにひなたは学校を出ていたようだ。

千夏は相変わらず俺に連絡を取ろうとしてくれていたそうだが、俺はまだ寝ていた。

「じゃあ、私は演劇部のみんなのお手伝いをするから、なにかわかったら連絡をもらえるかな？」

「え？　星野さんは行かないの？」

「私は……ううん、大勢で押しかけたら迷惑かもしれないから」

と、千夏は苦笑いを浮かべたそうだ。

「それに、三人も人がいなかったら演劇部のみんなだって大変だろうし」

「そっか……ごめん、ありがとう星野さん」

「うん。それじゃあ、光惺《こうせい》くんのことよろしくね？」

「ああ、任せてくれ！」

こうして、千夏に押し出されるかたちで、涼太と晶は俺のところに来たらしい。

——と、ここまでの話で、だいぶいろんなやつに迷惑をかけたことがわかった。

とはいえ、どうやってひなたがここに入ったのか、このあと俺は知ることになる——

＊＊＊

「お兄ちゃん、おかゆできたよ」

一時間ほど横になっていたら、再びひなたが寝室に顔を出した。

右手には湯気の立っている手鍋、左手には取り皿とレンゲ、それから右の小脇に鍋敷きを挟んでいる。そういえばお盆もなかったことを思い出した。

「そこに置いといてくれ」

「ダーメ。そうやって食べない気でしょ？」

「食べるよ……」

「お兄ちゃんがおかゆが苦手だって知ってるんだからね？」

ひなたはテーブルの上に鍋敷きを置いて、その上に手鍋を置く。

湯気の立った手鍋からおかゆをすくって取り皿に移すと、レンゲでさらにすくい、フーフーと息を吹きかけて冷まし、俺の口元に持ってきた。

「やめろよ、ガキくせぇ……」

「いいから、はいあーん――」

俺は少し悩んで、小さく息を吐く。

「あ～……――」

口に入れると、ひなたはニコニコと笑顔になった。

「味、どうかな？」

「……おかゆ味だ」

「そりゃおかゆだもん」

鼻が詰まってるせいか、ほとんど味を感じない。

わずかな米の甘みと、ブヨブヨとした食感以外に、ほんのりと塩味がきいていて、なんの変哲もないただのおかゆだ。

でも、懐《なつ》かしい味がした。中学のとき、今日と同じように体調を崩して、ひなたがおかゆを作ってくれたことを思い出す。

そう言えばあのときも体調が悪くてイライラしていた。涼太《りょうた》と遊ぶ約束をしていて、遊びに出かけようとしたら、ひなたに止められてキレてしまった。

そうしたら「涼太くんに感染《うつ》ったらどうするの！」とキレ返された。

──あのときも無理やり布団《ふとん》に寝かされて、口の中におかゆを押し込まれたっけ……。

自分の成長のなさに呆《あき》れてしまう。

「はい、あ～ん……」

「あ～……──」

そうして繰り返し、口の中におかゆが入れられる。

俺が咀嚼《そしゃく》して飲み込むと、ひなたは嬉《うれ》しそうにその様子を見つめる。なんだか餌付《えづ》けされている気分だ。なにがそんなに面白いんだか……。

そうして、手鍋の三分の二くらいまで減ったころ、市販薬の小瓶から三錠取り出して、俺に飲むように言った。

「これ、熱にきくみたいだけど、やっぱりお医者さんのお薬のほうがいいよね。この後近くの病院に行く？」

「……いや、いい」

「熱は？」

「三十八度七分」

そう言って薬を口に含み、水で流し込む。

「熱、下がらなかったら病院に行こ？」

返答する代わりに俺は布団を深々とかぶった。

「つーか、学校サボってなにやってんだよ……」

「サボってないもん。家族のピンチだから駆けつけるのは当然でしょ？」

「母さんに頼めば良かっただろ？」

「お母さんは福岡。お父さんのとこ」

「そっか……」

俺は静かに目を閉じた。

「じゃあもう帰れ」

「やーだ。熱が下がるまではいるから」

「風邪が感染るかもしれないだろ？」

「そしたらお兄ちゃんが看病してくれる？」

「バカ……」

軽く冗談を言ったつもりのひなたをたしなめる。

「オーディション、今週だろ？　俺のことは放っておけ」

「放っておけないよ」

「なんで……」

「お兄ちゃんと自分のオーディションだったら、お兄ちゃんが優先だから」

「ほんとバカだな、お前……」

俺のために、自分の将来を棒に振る選択なんてすんなよ……。

「うん、私、バカなの。だから私になにも言わずに家を出て行ったお兄ちゃんの看病だってするし、したいし、熱が下がるまで一緒にいるから」

「ひなた……」

どうしてそこまでするんだと訊《き》く前に、ひなたが微笑を浮かべた。

「私は、小さいときはできなかったけど、今度こそお兄ちゃんの芸能人としての生活を後押ししたい……ううん、たぶんそうしなきゃダメなの」

「どうして……──」

──いや、まさか……。

ひなたは胸元でキュッと拳に力を入れた。

「だって、お兄ちゃんが子役を辞めたのって、きっと私が──」

「俺が辞めたのは飽きたから。監督に叱られるし、だりぃなって思って」

口に出す前に遮っておいた。

——ああ、こいつ……気づいてたのか。気づいていて……クソッ！

でも、それはひなたにそう思ってほしくはない。

だからこれまでずっと隠し通してきたのだ。

断定はさせない、絶対に——

「で、役者に戻ったのは、中学時代のお前の芝居を見たからだ」

「え？　そうなの？　私の影響で？」

「ああ。下手くそすぎて見てられなかった。俺のほうが百倍上手《うま》いからな」

みるみるうちにひなたの顔が赤くなる。

「っ……！　あのときより上手になってるもんっ！」

「……フッ」

「なによその笑いっ！　今だったら私のほうが上手だもんっ！」

「あっそ」

真っ赤になってむくれるひなたを見てほっとした。

俺が子役を辞めた理由なんて知る必要もなければ、それを自分に結びつける必要なんてない。私のせいとは思ってほしくなかった。

「つーか、こんなところで時間を無駄にしててもいいの？　オーディションの練習しろよ？」

「もしオーディションが受けられなくても、次の機会に頑張るからいいもん」

「……いいか？　チャンスはそんなに転がってねぇぞ？」

「それはお兄ちゃんも一緒でしょ？　今度の舞台のオーディション、芸能界に復帰するお兄ちゃんにとっては大きなチャンスなんだよね？　だから早く治さないと」

それはたしかにそうだ。

俺にとってはかなり重要なオーディション。そのために今まで準備してきた。

でも――

「お前になんかあったら、俺は一生お前に頭が上がらなくなる」

「それ、いいかも！」

ひなたはナイスアイディアと言わんばかりに明るく言う。

「よくねぇっつーの……」

「いいからちょっと寝て、休んで。私は隣の部屋にいるから」

どうしても帰るつもりはなさそうだな。

「あのさ……」

「なに？」

「……サンキュ」

ひなたは少し沈黙した。

「……いいから寝て。熱が下がらなかったら病院に行くからね？」

ひなたはそう言って部屋を出ていった。

そのあと俺はぼんやりと布団の中で考え事をしたが、うまくまとまらず、いつの間にかまどろんでしまった。

第10話「じつは義妹が親友のために行動を起こしまして……」

次に俺が目覚めたのは十五時過ぎだった。

まだ全身が怠《だる》いが、熱はだいぶマシになっていた。

「──三十七度二分か。熱、下がってきたみたいだね」

安心したという感じでひなたはほっと息を吐く。

「お薬が効いてるみたい。良かった」

「もう少し寝れば、なんとか……」

「病院は？　どうする？」

「いや、大丈夫だろ」

「そう？　私的には一回お医者さんに診《み》てもらったほうがいいと思うけど……」

「明日の朝までこんな調子だったら行くよ」

そのあとひなたは額の冷却シートを替えるように俺に言って、キッチンからゼリー飲料を持ってきた。うちに来るとき、薬と一緒に薬局で買ってきてもらったのだろう。

俺は言われるままに冷却シートを替え、生暖かくなったそれをゴミ箱に放る。

それにしてもゼリー飲料なんていつぶりだろうか。

たぶん中学のとき、バスケの試合のときに飲んだのが最後かもしれない。

なんだか懐《なつ》かしい味と食感だが、俺が好きなのは青のエネルギーで、緑のビタミンじゃない。風邪だから、そのあたりを配慮したのだろうか。

そんなことを考えていると、ひなたが洗面器にお湯を入れて持ってきた。

「それ、懐かしいでしょ？」

「まあ……つーかなにそれ？」

「身体《からだ》を拭くの。汗でべっとりでしょ？　服も交換するから脱いで」

「自分でできるから……」

「いいから上、脱いで」

ひなたはチェストからグレーのスウェットと長袖シャツ、それからパンツを引っ張り出した。

「背中だけ拭かせて」

「はぁ～……」

俺はしぶしぶ上着とTシャツを脱いで上半身裸になる。

「白い」

「うっさい……」

「じゃあ拭いていくね？」

――まさかこの歳《とし》になって妹に背中を拭かれるなんてな……。

なんだか情けない気分になりながら、ひなたに身を委ねる。ひなたはお湯を含んだタオルで、柔らかく背中を拭いていく。

「ねえ、お兄ちゃん」

「ん？」

「……どうして芸能界に戻ったの？　本当の理由を教えて」

このタイミングでそれ訊くなよ。

「さっき言ったろ？　お前の芝居を――」

「そういう嘘《うそ》はもういいから。晶《あきら》のお父さん……姫野《ひめの》建《たける》さんとの賭けに負けたからだけじゃないよね？」

俺はなにも答えずに、やれやれと金髪を掻《か》く。

「本当は、ずっと前から戻りたかったの？」

「それはあるかもな……」

「戻りたかった以外に理由があるの？」

「……ま、自分だけ立ち止まっていて、焦《あせ》ってたんだろうな」

「どういうこと？」

ひなたからタオルを借りて、俺は自分で前を拭きながら言う。

「お前とチンチクリンはフジプロAのスカウトを受けたし、前に進もうとしている。涼《りょう》太《た》についても同じだ。あいつも、チンチクリンのサブマネを買って出た。——俺だけなにもしないで、時間が過ぎるのを待ってていいのかなって……」

用意してもらった長袖シャツとスウェットを着た。

「お兄ちゃんも、前に進みたかったんだ……」

「まあな。そんなとき建さんに声をかけられた。あれは賭けっつーか……後押しされたっつーか、覚悟を試された感じだったな」

冷静に今こうして考えてみると、俺は発破をかけられたのかもしれない。

本当は、芸能界に戻りたかった。

けっきょくあそこが自分の居場所だと気付いたのは、辞めてからだいぶ経《た》ったあとのことだけれど、心のどこかで戻るきっかけを探していた。

涼太が打てないほうを選んだのは——

「──俺はあの坊主《ぼうず》にいつも期待しちまう。──で、お前はどうなんだよ？　やっぱなにか期待してんじゃねぇのか？」

──そうだ、期待していた。

涼太は晶が来て前に進み始めた。それまでのダラダラした感じはだんだんなくなっていって、晶の兄貴としてしっかりし始めた。

二年の途中からいきなり演劇部にも入った。演技経験もないくせに必死にロミオ役を演じているのを見て、俺は──悔しさを感じた。

ロミオとジュリエットの最後のシーン──

あいつがひなたと向き合ってセリフが飛んだとき、俺はいても立ってもいられなくなった。

あれはひなたのためだけではない。役者としての自分、そして涼太に芝居では負けたくないという自分が前に出た。

そうして久しぶりに舞台に立ったら楽しかった。

ここが本来の自分の居場所だと錯覚するほどに。

あの瞬間、俺はもう一度役者に戻りたいと思った。

今度は誰の手を借りるわけでもなく、自分の足で、もう一度——

でも、まだ迷いがあった。惰性で生きてきて、最初の一歩を踏み出すにはどうしたらいいかわからずにいた。

元マネージャーの新田《にった》さんからの打診は度々あったが、ひなたも同じフジプロAだと思うと、昔の二の舞になるのではないかと怖かった。

ひなたをまた傷つけるんじゃないかと。

そして、ついこのあいだ——姫野建という人と出会った。

賭けをしようと言われたが、俺は涼太があの場面で必ず打つと信じていた。負けるだろうなとわかって賭けをするのはある意味気が楽で、そうして俺はやっぱり負けた。

最後はタッチアウトだったけれど、涼太は……いや、涼太と晶は月森《つきもり》きょうだいのあり方を変えた。あれは逆転ホームランだった。

まったく、期待通り以上だろう、あのバカ……。

——でも、あいつは変わった。そして周りも変えていった。

だったら、俺も涼太みたいに変われるのではないかと思った。

たとえ失敗だったとしても、そこに活路を見出《みいだ》すことだってできる——そう涼太と晶から教えられた気がした。

姫野さんがどこまで俺のことを見抜いていたかはわからない。

でも、あの人はもう一つの道を用意してくれた。

それが、姫野さんの事務所『メテオスタープロモーション』。フジプロAではなく、まったく違うところから。

スタート地点は違うがゴールは一つ。俺はもう迷わない。

俺は、涼太や晶、そしてひなたのように、前に進みたいと思ったんだ――

「お兄ちゃん？　ニヤニヤしてどうしたの？」

「ニヤニヤはしてねぇって……ただまあ、今は少し気分がいいんだ」

「え？」

「逆転ホームラン、本当に打つやつがいるなんてな……カッコよすぎるだろ……」

「えっと……誰の話？」

ひなたは首を傾《かし》げたが、俺はそれ以上なにも言わなかった。

「つーかひなた、そろそろ教えろ。どうやってうちに入ったんだよ？」

「ああ、それはね――」

＊＊＊

――ここからも、涼太とひなたから聞いた話。

涼太と晶が学校を出たころ、ひなたは一本前の電車に乗ったらしい。涼太たちも電車に乗り込んで、俺のマンションへ向かっていた。

「上田《うえだ》先輩、大丈夫かな？」

「まあ、たぶん……。あいつ、家でぶっ倒れてなければいいけど……。ただ、こういうことは今までなかったな」

「ひなたちゃんと一緒に暮らしてたから？」

「それが大きいだろうな。ひなたちゃんが家事とかいろいろやってたし……」

と、そんな話をしていたそうだ。

「やっぱり、一緒に暮らすべきじゃないかな、あの二人……」

「まあな……」

「もしもだよ？　上田先輩が大変で、ひなたちゃんがお世話をしたら、元に戻るかな？」

「……わからん。でも、チャンスではあると思う」

「チャンス？」

首を捻《ひね》る晶に、涼太は説明した。

「これまで機会を待っていたんだけど、二人がお互いを理解できるチャンスかもしれないなと思って。ひなたちゃんが本気で心配をしたら、光惺《こうせい》もそれなりには反応するんじゃないかな？」

「それは、そうなってほしいけど……」

「ま、俺たちもこうして向かってるわけだし、いざとなったらなんとかしよう」

「……うん！」

そうして、二人を乗せた電車は結城《ゆうき》桜《さくら》ノ駅に着いた。

涼太たちは俺のマンションに急ぐ。果たして、マンションの前にひなたと見知らぬ中年男性が立ち、なにかを話していた。

「ひなたちゃん！」

「あ、涼太先輩……！」

ひなたは不安で泣きそうな顔で涼太たちを見た。

「ん？　君たち、この子の知り合い？」

「あ、はい……失礼ですが、あなたは……？」

「私はここのマンションの管理人。それで、事情は今この子から聞いたんだけど——」

「あの、ここに住んでるのは俺の友人で、この子は妹さんなんです」

「妹さんだっていうのは聞いたんだけど、ちょっとねぇ……」

管理人さんは渋い顔をした。

「防犯上の都合で、ご家族でも勝手に鍵は開けられないことになってるんだ。昔、そういうトラブルがあってね……」

「一刻も早く中に入りたいんです！　お願いします！」

涼太が頭を下げると、晶《あきら》とひなたも「お願いします」と頭を下げた。

「……すまないが、やっぱり色々手続きをしてもらわないと——」

こうなれば手続きをするしかない、涼太とひなたがそう思ったとき——

「お願いします！　どうか、鍵を開けてくださいっ！」

急に大声がして、涼太とひなたは驚いた。

声の主は晶だった。

「ここにいるひなたちゃんは、朝からずっとお兄さんと連絡がとれなくて心配してて……ここ最近ずっと様子がおかしかったし、急に学校を休んで、ほんと、心配していたんです！　だから、お願いします！」

そこから晶は何度も頭を下げた。

「僕、ひなたちゃんの友達だから、こうやってお願いすることしかできませんが、お願いします……！」

必死に頼み込むので、道行く人がこちらを向いていた。

「お願いします……！　お兄さんにもしなにかあったら……ひなたちゃんにとって大事なお兄さんだから、お願いします……！」

晶はなにも気にせず、ただひなたのために必死に言葉を紡《つむ》いで頭を下げていた。

涼太とひなたはそんな晶の姿を呆然《ぼうぜん》と見つめていたそうだ。

必死な晶の姿に感化されたのか、涼太たちははっとなってもう一度頭を下げた。

「お、お願いしますっ！　俺にとっても大事な友達なんです……！」

「鍵を、開けてください……！　私の大事なお兄ちゃんなんです……！」

管理人さんは困ったようにため息をついた。

やはり頼み込んでもダメのようだ。

「ひなたちゃん、晶、ここはいったん管理人さんの指示に従おう。これ以上困らせたら――」

「いや、ちょっと待ってくれ。……君、妹さんのお友達のほう。君の名前は？」

「……僕ですか？　晶です……姫野《ひめの》晶……」

すると管理人さんは目を見開いた。

「姫野……晶さんって、もしかしてお父さんは役者の姫野建《たける》さんかい⁉」

「え……お父さんのこと、知ってるんですか？」

「そうか！　――ちょっと待っていなさい！」

管理人さんは大慌てでどこかに電話をし始めた。相手は大家さん。

諸々《もろもろ》の事情を話し、鍵の件を話してさっと電話を切った。

「大家さんと話がついた。今から鍵を開けるよ」

「え⁉　いいんですか……⁉　でも、どうして……？」

すると管理人さんは微笑を浮かべる。

「じつは、私は建さんには返しきれないほどの恩義があるんだよ」

「恩義……？」

「ああ。大人の事情だから話しにくいが、建さんにはその節はとても世話になったんだ。

そうそう、私のことは覚えてないかい？　小さいとき、君とも会ったことがあるんだ」

「え……？」

晶は首を捻ったが、管理人さんは「ああ、いや」と苦笑いを浮かべた。

「まだ君は小さかったからね。──それで、建さんからはもしも恩を返すなら、自分じゃなくて娘にしてやってくれって言われていてね」

「お父さんが、そんなことを……」

管理人さんは嬉《うれ》しそうに頷《うなず》いた。

「ほんと、役者以上に素晴らしい人さ。──すまん、少し話しすぎた。身元もしっかりしているし、これでは恩返しにもならないと思うが、鍵を開けるからついてきなさい！」

「「はい！」」

それから涼太《りょうた》たちは管理人さんのあとについて、俺の部屋へ向かった。

部屋に入ると、俺はダンゴムシみたいに布団《ふとん》にくるまっていたらしい。

俺は覚えていないが、情けないことに、俺は眉間にしわを寄せたまま呻《うめ》いていた。

「すごい熱っ！　お兄ちゃん、大丈夫⁉」

「ひなたちゃん、救急車を呼ぼうか⁉」

「兄貴、ひなたちゃん、この家救急箱ないよ！」

「ああもう、まったく……！　ほんとこれだからお兄ちゃんはっ！」

「ひなたちゃん、僕ら、どうしたらいい⁉」

「ごめん晶、涼太先輩、メモを書くので、近くの薬局でいろいろ買ってきてもらえますか？　私は今やれることをやります。しばらく様子を見て、もし無理そうなら病院に連れていきます！」

それから様子を見ていて、俺を病院に連れて行くほどではなさそうだと判断したひなたは、涼太と晶を先に帰し、看病のために一人で残ったそうだ――

＊＊＊

ひなたからこれまでの事情を聞いて、俺は大きなため息をついた。

「そっか、あのチンチクリンがな……」

「そう。だから晶のことをチンチクリンって言っちゃダメ！」

晶が、必死に頭を下げた――

俺のためというより、友達のひなたのために。

そういうところは可愛《かわい》げはあるが、どうも俺はあいつが苦手だ。

最終的には姫野さんの名前を出して開けてもらったらしい。

その話を聞いたとき俺はピンときた。

姫野さんとは同じ事務所だし、副社長からこのマンションを借りる話を持ちかけられたとき、姫野さんが保証人になってくれたのはそういうことか。

姫野さんは俺になにがあってもいいようにと副社長に根回しをしていたらしい。

——まったく、あの人は……人を子供扱いしやがって……。

晶が居合わせたのは偶然にしろ、管理人さんは「姫野建」の名前が出たことで開けることにした。なにかしら恩義があるということだが、もし鍵を開けてなにかあれば大問題に発展するリスクはあったはず。

それを押してでも開けたのは、相当深い恩があるというわけだ。

……なんだか面白くない。

最初からこうなることが予定帳に書かれていたみたいだ。

「つーか俺、お前らが来たこと覚えてないんだけど？」

「でも、そういうことだから、あの二人にはきちんと感謝してお礼に行くこと。それと、管理人さんや大家さんに、晶のお父さんにも！」

「わかったって……」

「それと星野《ほしの》さんと、あと演劇部のみんなにも。治ったらきちんとお礼してね？」

「えっ……!? そんなにいんのっ……！」

ひなたはむっとした表情になる。

「みんなお兄ちゃんのためにいろいろ動いてくれたのっ！ そういう嫌そうな顔しない！ 私も一緒に行くから！」

俺はやれやれと頭を掻《か》いた。

すっかりひなたの尻に敷かれているようで、それも面白くない。

けっきょく、涼太が変わったのも、ひなたが変わったのも、あのチンチクリンの影響だとわかり、それはそれで面白くはないが——

「治ったら、必ずみんなにお礼をしに行くよ……」

——感謝はきちんと伝えないとな。

第11話「じつは義妹から上田兄妹と仲良くなったきっかけを訊かれまして……」

夕方、ひなたから連絡があった。

光惺《こうせい》は熱も下がってきたし、夕飯もきちんと食べて薬も飲んだそうで、もう大丈夫だろうとのこと。いちおう一晩様子を見て、もし熱がぶり返すようであったら、明日は一緒に病院に行くとのことだった。

そのことを晶に伝えると、全身から力が抜けたように、俺のベットの縁《ふち》にへなへなと座った。気が抜けたのか、安心したのか、そういう顔をしている。

「ひなたちゃんが行って良かったね」

「ほんとにな。熱出して呻いてたときは心配したけど」

俺もやれやれとベッドに大の字で寝転ぶ。

「とりあえず僕から和紗《かずさ》ちゃんたちにも連絡しておくよ」

「ああ、頼む。俺も結菜《ゆいな》と星野さんに連絡するよ」

光惺の件を結菜と星野にＬＩＭＥしておいた。星野からはすぐに返事がきて、『まだ熱があるの？』『明日は来れるかな？』とまだ少し心配している感じのメッセージが続いた。

明日は休むかもしれないが、心配要らないという旨《むね》のメッセージを送っておく。

そのあと結菜からも返事がきたが『良かった』と一言だけ。

──そうだ。

思い立って、今日の卒業式準備を手伝ってくれた旨の感謝を伝えておいた。

卒業式準備はひなたの代わりに星野が手伝ってくれることになったのだが、その際結菜も一緒に手伝ってくれたのだそうだ。

ひと通り連絡し終えると、俺はスマホを枕元に置いて少し伸びをした。

気疲れしたのもあるが、一番はほっとしたことが大きい。

一階では美由貴《みゆき》さんが料理を作ってくれている。

たぶん、あと一時間くらいで夕飯だろう。今日の夕飯はなにかなと思っていたら、

「兄貴ー」

と、晶《あきら》もベッドにごろんと横になり、俺の腕を枕にしてぴったりとくっついてきた。

「どうした？　疲れたのか？」

「うん、ちょっとだけこうさせてー……」

「……とか言って、このまま寝るなよ？」

「うん。夕飯もお風呂《ふろ》もまだだし……」

「もう眠そうな声だけどな？」

添い寝されている感じでなんだか変な気分だが、本当に疲れているようなのでこのままの状態にしておく。

「しかし、晶は偉いよ」

「え？　なにが？」

「ひなたちゃんのために必死に頭を下げてただろ？　管理人さんが大家さんに連絡をとってくれたのも、あれがきっかけだったわけだし」

「それは兄貴の影響かな……」

「え？　俺？」

晶はクスッと笑った。

「兄貴はいつも誰かのために必死だから、僕も見習ってみた」

「いや、俺はべつに……」

「えへへ、照れんなって」

「照れてねぇから……」

晶はゴロンと天井のほうを向いた。

「でも、まさかお父さんがあの管理人さんの恩人だったなんて知らなかったなぁ……」

「まったくだ。人と人の縁ってよくわからんなぁ……」

するとと晶はまたゴロンとこちらのほうを向いた。

「そういえば兄貴から上田《うえだ》先輩とひなたちゃんとの出会いについて聞いてなかった」

「なんだよ急に？」

「ん～、なんか気になって。たしか中一からだよね？　きっかけは？」

「まあ、光惺と同じクラスで、同じバスケ部で……」

少し思い出してみる——

「……光惺とは初めはそんなに仲良くなかったな」

「喧嘩《けんか》してたってこと？」

「いや、あまり接点がなかったっていうか。同じクラスで同じバスケ部だけど、話すことがなかったっていうかさ……」

そう考えると、なんだか本当に不思議だ。

いつの間に仲良くなったのか、どうしてひなたを紹介してくれたのか。

ただ、ぼんやりと思い出しているうちに、なんとなくそのときの記憶が蘇《よみがえ》ってきた。

「詳しく聞かせてよ。その話」

「まあ、そんなに聞きたいのなら……」

天井を見つめながら、俺は初めて光惺と出会った日のことを話し始めた――

＊＊＊

光惺と出会ったのは、俺が中学に入学してすぐのころだった。

入学式の日、初めてのホームルーム。校庭の桜が満開で、清々《すがすが》しい日だった。

担任の自己紹介のあとに、生徒に順番が回ってきた。

初っ端《しょぱな》の自己紹介については想定済みで、特段驚くほどのことでもない。

とりあえず出席番号順に、一人一人立ち上がって、氏名、出身小学校とプラスなにか一言を言っていく形式らしい。

俺は「まじま」だからだいぶ後のほうで余裕があった。

こういうとき「あ行」のやつは大変だなと思いつつ、かなり序盤で「うえだ」の順番が回ってきた。光惺は怠《だる》そうに立ち上がると、

「上田です」

と、涼しげな声で一言。

以上終わりと言わんばかりに着席して、怠そうに頬杖《ほおづえ》をついて窓の外を眺めた。

――上田です……え？　それだけ？

これにはさすがに唖然《あぜん》としたが、担任も顔を引きつらせていた。

自己紹介にルールが存在するのなら、明らかにルール違反。というか変なやつ。

でも、誰もなにもそのことには触れず、粛々と自己紹介が進んでいった。

――ただ、今にして思えば……。

あのときあいつは「光惺」という名前を口に出したくなかったのかもしれない。

三年前に消えた天才子役「上田光惺」と同姓同名。

というより本人なのだが、そのことで周りに騒がれたくなかったのだろう。

光惺が子役をやっていたということは、だいぶあとになってから俺は知ることになる。

最初はずいぶん変わったやつが同じクラスにいるなと思ったが、翌日以降は特にこれといってなにも起きず、一見静かだが怠そうに過ごしていた。

部活動のオリエンテーションが終わり、見学期間が終わり、まさか同じバスケ部になるとは思ってなかったが。

まあでも、なんとなく予期していたことだけれど、入部してから一ヶ月経《た》たないうちに、光惺は部活をサボり始めた。部活というか、先輩が怠いという感じで。

特に一年は雑用を押しつけられることが多かったこともあって、部の体質と光惺の性格が合わなかったのだろう。

それでも、若くて熱心な副顧問が光惺を引っ張ってきて、なんとか練習に参加させようとしていた。

けれど、うちの部のペナルティは、顧問からではなく、ときたま先輩から科せられる。

サボった分のペナルティとして、光惺は一週間一人で後片付けをするように先輩たちから言われた。俺たち一年は楽だけれど、光惺一人にさせるのはなんだか気が引けた。

ただ、意外だったのは、そこで光惺はキレたりせず、言われた通り、粛々と後片付けをやっていたことだ。

サボったことを反省しているようには見えない。

相変わらず怠そうは怠そうで、それでも部活が終わると黙々と片付けをしていた。

――変わってるやつ。でも、悪いやつじゃなさそうだ。

そう思った俺は、あいつの横に並んで一緒にモップをかけ始めた。

「……え？」

光惺は驚いた顔をしていた。

「お前もなんかしたの？」

「ううん。一緒にやったら早く終わるだろ？　さっさと終わらせようぜ？」

「あ、ああ……」

光惺と直接話したのは、このときが初めてだった。

それからというもの、なんとなく教室でも会話が増えていって、俺たちは次第に仲良くなっていった。

学校が終わったら一緒に近所の公園に寄って、日が暮れるまでバスケをした。

そうして夏休みが始まる前くらいか。

休みの日、光惺とバスケをする約束をして、いつもの公園に行ったら、光惺の横に小さな女の子がいた。

「光惺、その子は？」

「妹。なんか、ついてきたいって言うから……」

「へぇ……」

怠そうな光惺の横で、その子は少し緊張気味に俺を見ていた。

「俺、真嶋《まじま》涼太《りょうた》。君は？」

「上田ひなたです！」

「ひなたちゃんか。何年生？」

「小学六年生です！」

「ひなたちゃんもバスケに興味があるの？」

「ううん、えっと～……」

するとと光惺《こうせい》は、ひなたの背中をトンと軽く押した。

「こいつ、お前に興味あるんだってよ」

「へ？　俺に？」

ひなたは照れ臭そうに真っ赤になると、首を傾《かし》げている俺のところにトコトコと近づいてきた。耳打ちするようにこっそりと口元に手を当てたので、俺は屈《かが》んで耳を近づけた。

すると──

「……お兄ちゃんと仲良しになってくれて、ありがとうございます」

「え？」

今のはどういう意味だろうか。

仲良し、というのはたぶん友達になったことを指しているのだろうけど、どうしてそのことを妹から感謝されるのだろう。

「なんだよ？」

今の会話が気になるのか、光惺は俺たちを見たが、俺もなんと返していいのかわからない。するとひなたはくるりと振り返り、光惺に笑顔を向けた。

「んーん、なんでもない」

「……あっそ。じゃあ練習するから——」

「じゃあ、私は向こうで見てる」

「は？　帰らないのか？」

「おもしろそうだし見てるね」

「あっそ。勝手にしろ……」

このとき、なぜか不思議な気分だった。

もともと一人っ子な俺にはわからない、兄妹《きょうだい》のやりとりというのか。

光惺は突っぱねるような言い方をしつつも、ひなたはべつに悪い気はしていない。むしろ突っぱね切れないというか、ひなたのしたいようにさせていた。

やはり不思議だ。

仏頂面《ぶっちょうづら》で人を寄せ付けない光惺が、ひなたに振り回されている、そんな感じにも見えた。

――兄妹ってこんな感じなのかな？

そんな疑問を抱きつつも、俺と光惺はいつも通り練習を始めた。

それからというもの、光惺はたまにひなたを連れてくるようになった。

最初、ひなたは聞き分けのない子なのかとも思っていたが、そんなこともなく、いつも笑顔で元気いっぱいで、なにが楽しいのか、俺と光惺がバスケをしている様子をただ笑顔で見ているような感じだった。

夏の大会が終わり、三年生がいよいよ引退した。
一、二年だけになると、ますます俺と光惺はバスケにのめり込んだ。
ひなたは練習試合にも来たことがあるし、秋季大会のときは会場に来て応援してくれた。

特にバスケが好きという感じもなく、ただそれでも楽しそうに、俺たちがバスケをするのを応援してくれていた。

このころになると、お互いの家を行き来して遊ぶことも増えた。

当時は上田家が今の家に引っ越す前で、光惺は有栖西町《ありすにしちょう》の一軒家に住んでいた。

ここからチャリで二十分ほどで、小学校の校区は違うが、割と家が近かった。

行けば、必ずといっていいほど、ひなたがそこに混じった。

光惺は鬱陶しそうにしていたけれど、俺としては妹からお兄ちゃんを取り上げるようなことはしたくなくて、ひなたがそばにいても特に気にしていないように振る舞っていた。

「──でね、お兄ちゃんが勝手に部屋に入るなって言って──……」

「まあ、兄妹でもプライバシーはあるんじゃないかな？」

「プライバシー？」

「ほら、光惺も男だから、見られたくないものがあるんだよ」

「あ、そっか！」

「ねぇよそんなの……」

光惺は不機嫌そうな表情を浮かべる。

「つーかお前、涼太が来るといつも嬉《うれ》しそうだよな？」

「だって、涼太くんはお兄ちゃんと違って優しいし、お話聞いてくれるもん！」

「あっそ……。だってよ、涼太」

「それ、どう反応したらいい？」

俺が困っていると、光惺はニヤニヤとしだす。

「妹欲しいならやるぞ？　持って帰れ」

「ええっ⁉」

「涼太くんが、私のお兄ちゃん？」

「いや～、そんなの嫌だよね……？」

「んーん、嫌じゃないよ。涼太お兄ちゃんか～」

ニコニコと笑顔を浮かべるひなたに対し、俺はどうしていいのかわからずたじたじだった。

ひなたは俺のことを気に入ってくれていたようだし、甘えてくれるのも嫌じゃなかった。

正直、上田《うえだ》兄妹が羨ましいと思ったこともある。

光惺は仏頂面で、ひなたは笑顔で——それなのに、なんだかんだで仲が良さそうにも見えたし、俺にはわからない絆《きずな》のようなものが二人のあいだにはあった——

＊　＊　＊

「——って感じで、昔からよく三人で過ごしてたわけなんだけど……聞いてるか？」

晶《あきら》はさっきから目を閉じて静かにしている。眠ってしまったのだろうか。

「うん、聞いてるよ」

「なんだ、眠ってたんじゃないのか？」

「ううん、目を瞑《つぶ》って想像してたんだ。兄貴の中学時代のこととか、ひなたちゃんとか、上田先輩のこと」

晶はそう言うと、ゆっくりと目を開けた。

「ひなたちゃん、可愛《かわい》かった？」

「ん？　……まあな。妹がいたらこんな感じなのかなーって思ったな」

「僕が義妹《いもうと》で不服かい？」

「いや、誰もそんなことは言ってないだろう……」

俺はやれやれと苦笑いを浮かべる。

「晶が義妹になって、まあ、なんだ……。やっぱなんでもない」

「そこまで言ったなら最後まで言ってよ〜」

不服そうに俺の頬をツンツンと人差し指で突っついてくる。

「えいえい」

「やめろって……わかった、言うって」

俺は一つため息をついて、正直に話すことにした。

「ま、最初は義弟《おとうと》ができると勘違いしてた」

「うん、知ってる」

「でも、一緒に暮らし始めて義妹だってわかって、まあ混乱したし、緊張したりもした」

「うん、それも知ってる」

「……ただまあ、夏休み明けのことなんだけど──」

俺は照れ臭くなってそっぽを向いた。

「──光惺とかひなたちゃんに、なんて説明しようか迷ったし、義弟じゃなくて義妹でしたって言ったら呆《あき》れられるとは思ってたけど……まあぶっちゃけ、自慢したかった」

「自慢？」

「俺にも、こんな可愛い義妹ができたんだぞって……言わなかったけどさ……」

「え……？」

……言ってしまった。引かれてしまっただろうか。

恐る恐る晶のほうを見ると、真っ赤になって目を見開いていた。それから目が合うと、照れた顔を隠すように、ゴロンと頭を向こうに向ける。

「兄貴……」

「なんだ……？」

「恥ずかしい……」

「俺もだ……」

普段だったらこんなことは絶対に言わない。つい昔話のついでにと口を滑らせてしまった自分に恥じ入るばかりである。

いや、ほんと、この場に晶がいなかったら、一人で悶《もだ》えそうになるほど恥ずかしい。

すると晶はまたゴロンとこちらに身体《からだ》を向け、そのまま俺の胸にぴったりと頬をくっつけてくる。晶の髪から、仄《ほの》かに甘い香りがした。

思わず生唾を飲み込むと、晶は俺の胸に手を当てる。

「兄貴の心臓、ドキドキしてる……」

「そりゃな……」

「僕が義妹になって良かったんだね？」

「まあな……」

それは間違いなくそうなのだが、しかしこの状況は――

「今でもそう思う？」

「まあ、今でも……」

「義妹のままでいいの？」

「それ、どういう意味――」

俺が言うや否《いな》や、晶の腕が俺の首に回される。完全に、ベッドの上で抱きしめられる格好になった。慌てて抵抗しようと思ったが、それより先に晶が俺の耳元で囁《ささや》く――

「僕は、義妹のままじゃヤダ……」

――妙に甘ったるい言い方でそう言ったと思ったら、晶の顔が俺の正面に来た。

目と目が合う。

瞳が揺れている。

鼻と鼻がかすめそうな位置にお互いの顔がある。

晶の吐息が、俺の唇にかかり、今にも唇同士が触れてしまいそうな感覚になる。

そして、晶がこれからなにをしたいのか、なんとなく俺にはわかってしまう。

「な、なに……？」

あえて誤魔化してみたが、晶は目を逸《そ》らさずにくすりと笑う。

「なにって、キス」

「いや、ちょっと待て……！」

「嫌なら逃げてもいいよ？」

挑発的な言い方に、心臓が跳ね上がった。

「…………」

「逃げないんだ？」

「……迷ってる」

「迷うってことは、兄貴もしたいってこと？」

「その誘導はズルいって……」

「さんざん焦《じ》らしてきた兄貴がそんなこと言うんだ？　僕の気持ちを知っておきながら」

マウントをとっているためか、晶は余裕そうに言ってくる。……いや、本当に余裕があるのか？　言っている本人の顔は真っ赤だ。俺もだけれど。

「というかどうした？　なんで急にスイッチが入った？」

「兄貴が可愛いって言うから」

「お前、チョロすぎ……」

「誰に言われてもこうじゃないよ？　兄貴だからチョロくなるの」

いよいよ額と額がくっつく。

晶の熱い吐息がすぐそばに迫ってきていた。

「いやいや、やっぱ待て！　いったん落ち着こう……――ん？」

俺が晶の肩を押さえると、抵抗することもなく、妙にすんなりと引き剥がすことに成功し、そのまま俺のベッドに仰向けになって動かなくなった。

「晶、どうした⁉」

「ごめん、なんか僕、ボーッとしちゃって……」

よく見たら、顔は真っ赤で息遣いも荒い。

今のやりとりで興奮したというよりも、具合が悪そうだ。

さっき、額が合わさったときに、妙に熱いと感じたが、まさか──

「──はっ⁉　美由貴《みゆき》さん！　美由貴さん──」

晶をベッドに寝かせたまま、俺は大慌てで一階で料理をしている美由貴さんの元に急いだ。

「三十八度六分……風邪ね……」

あらあらと美由貴さんは体温計を見て困った表情を浮かべた。

「最近、オーディションのこととか忙しかったですからね……」

ここ最近慣れないことをしていたせいもあって、体調を崩しやすくなっていたのだろう。

「う～ん……お腹《なか》を出して寝ているせいかも」

まあ、たしかにそれもあるな。

「うぅ、不覚……あとちょっとだったのにぃ……」

晶はぐすんと鼻を鳴らした。

「なんの話かしら？」

「知りません」

落ち込んでいる晶の傍《そば》で、俺はスマホを気にした。

なにも通知はないが、今ごろ光惺《こうせい》たちのほうは大丈夫なのだろうか。

まあ、ひなたが一緒だから大丈夫だろうと思い直し、熱でしんどそうにしている義妹の頭を軽く撫《な》でておいた。

3 MARCH

3月3日（木）

日記、書かねば……

今日は書くことがいっぱいある。

上田先輩が休んで、
ひなたちゃんが先に行って、
私と兄貴も向かって、
お父さんの名前でなんとかカギを開けてもらえて……

いろいろあって、
気が抜けちゃったのもあるけど、
ひさびさに風邪を引いて……
兄貴が夜遅くまで看病してくれて嬉しかった……

やっぱりダメ……。
体調が戻ったら書くことにして……

兄貴、愛して

第12話「じつは上田兄妹のあいだでなにかあったようで……」

誰かに呼ばれた気がして目覚めた。頭痛はしない。熱はもう下がったのだろう。

仰向けのまま、伸びをするように枕元のスマホを引き寄せる。午前一時だった。

通知が何件かあったが、とりあえずスマホは開かずにそのまま元の位置に戻す。返すのは明日の朝でもいいだろう――と、布団《ふとん》の中で違和感を覚えた。

「ううん……」

驚いて声のするほうを見ると、見覚えのある頭。

ひなたが隣で寝ていた。

混乱する。どうしてひなたが同じ布団で寝ているのか？

夕飯を食べて、薬を飲んで、また横になって――いや、そんなことよりも。

俺は慌ててひなたから距離を取ると、急に布団が動いたせいかひなたが目を覚ました。

「……あれ、お兄ちゃん、起きたの？」

「お前、なんで寝てんの⁉　つーか帰ったんじゃないのか⁉」

「もともと泊まるつもりで……でも、なんかお兄ちゃんが寒そうだったから……」

ひなたは寝ぼけ眼《まなこ》を擦《こす》ったが、それよりもまず先に俺の目に入ってきたのは、ひなたの格好だった。

制服のシャツ一枚。前がはだけて、下着が見え隠れしている。

「バカ！　なんつー格好で寝てんだ⁉」

「ジャージを借りようと思ったけど、洗濯物増えちゃうし……」

「いいからなんか着てこい！」

さすがにしかりつけたが、ひなたは大きく欠伸《あくび》をして、布団に潜り込んだ。

「兄妹《きょうだい》なんだし、気にしなくていいよ」

「そういう問題じゃないだろ……」

「それとも、妹相手にドキドキしちゃうの？」

「っ……！」

軽く馬鹿にされたような気分になって、俺はひなたに背を向けて布団に横になった。

多少、苛《いら》つきを抑えながら訊《たず》ねる。

「なんで帰らなかった……？」

「熱が下がるまではいるって言ったじゃん」

「もう下がった」

「そう、良かった……」

「終電は……もうないか……」

「うん。だから今日はこのままここに泊まるね」

「……勝手にしろ」

俺はそう言って目を瞑《つぶ》った。

ただ、急なことで俺は驚いていた。心臓がバクバクいっていて、なかなか眠りにつけない。後ろでひなたが寝ていると思うと、妹とはいえ、妙な気分になる。

しばらく布団で寝付けないでいると、背中に触れられる感覚があった。

「まだ起きてる？」

「ああ……。もう寝ろ」

「なんか目が冴《さ》えちゃって……」

「あっそ。俺はもう寝るぞ？」

布団の中で、ひなたがもぞもぞと動く。俺に寄ってきて身体に腕を回してくる。

「こうしてると懐《なつ》かしくない？」

「暑苦しい」

「こっち向いてよ」

「やだよ、怠《だる》い……」

そもそも、なんでこの歳《とし》になって妹と同じ布団で寝ないといけないのか。

昔から無邪気で、距離感の近いやつだとは思っていたけれど、年相応に男を意識できないのは、兄として若干心配になるレベルだ。

とはいえ、兄だからこうしているのだろうが――

「つーか、もう寝ろ」

「うん……」

ひなたは俺の服をキュッと掴《つか》んだ。

「……ごめんね、お兄ちゃん――」

なにについての謝罪なのだろうか。

しばらく黙ったまま目を瞑っていたら、背中で寝息が聞こえてきた。

――ようやく寝たか……。

いつもの癖で頭を掻《か》きそうになったが、動いたらひなたが起きるかもしれないので我慢した。

俺はもうしばらく寝付けなかった。

そのうち眠くなるだろうと、目を閉じてひなたのことを考える。

明るくて、元気で、世話焼きで……でも、本当は甘えん坊で、ただの泣き虫。

そんな妹を兄として守りたいと、そう思っていた時期もあった。

けれど、いつからかその役割を涼太《りょうた》に押し付けていた。

中学時代、俺が起こした事件のあとくらいか――

涼太に練習させてやってほしいと頼みに行った日――やつらは俺を馬鹿にしたように言って笑っていたが、俺は平気だった。

けれど、どうしても我慢ならないことがあった――

『つーかお前さ、練習試合に妹連れて来てんじゃん？　来年中学上がるんだっけ？』

『……それがなにか？』

『じゃ、俺に紹介してくれたら考えてやってもいいけどね。俺、年下好きだから』

『……は？』

『俺がお前の代わりに可愛《かわい》がってやるよ。『お兄ちゃん』って呼ばせて――』

――その瞬間、俺は手が出ていた。

すっかり頭に血が上って、自分を抑えられなかった。

そのあと、涼太に説教された。ひなたや、周りの人が傷つくからと——教師が言うよりもその言葉が響いたのは、たぶん涼太だったから。

そのとき俺は、自分のやっていた行動のすべてが、自分のためにやっていたことだと自覚した。

ひなたのために子役を辞めて芸能界を去ったことも。

涼太のために行動し、ひなたのことを言われて暴力をふるったことも——

あのころから、俺は涼太にひなたを任せるようになった。

そのうち、あいつとひなたが付き合うことになって、恋人になってくれたらいいと俺は思っていた。二人はお似合いだと思ったし、涼太なら俺は安心してひなたを任せることができたと思う。それすらも自分勝手だとは思うが。

途中までは満更でもなかったと思う。

でも、そんな涼太でも、一つだけ大きな悩みを抱えることになった。

それは中三の春ごろ。涼太が初めて学校を三日ほど休んだ。

俺は気になって涼太の家に行ったのだが——

「涼太、どうした？」

「光惺……俺、親父《おやじ》と、血が繋《つな》がってないかもしれない……」

「……え？　どうして……」

そのとき俺ははっとした。

涼太が休み出す日の前、理科の授業中に珍しく涼太が手を挙げたことがあった。

『ＡＢ型の親からＯ型の子供が生まれることはあるんですか──』

涼太はＯ型……親父さんはＡＢ型──メンデルの法則通りなら、母親が何型であっても、その組み合わせで涼太が生まれてくるはずがない。可能性がないことはないが。

しかし、だとすれば、涼太を捨てた母親は──到底許されることではない。

それは、酷《ひど》い。

それはさすがに、酷すぎる。

映画やドラマじゃないんだし、そんなことがあるはずないだろう──

「お前、ほんとバカだな……んなわけあるか……」

「光惺……だって、俺──」

「バカ野郎っ！　お前は親父さんの子供に決まってんだろ！　性格とか口調とかすげぇ似てるし、そっくりだって！　だから、んなバカなこと言うなよ……バカだけど、お前は優しくて、バスケも上手《うま》くて、ひなたも憧れてて、俺みたいなどうしようもないやつにも……本気で……だから……バカなこと言うなっ……！」

俺がひなた以外の誰かのために涙を流したのは、あのときが初めてだった。

涼太をなんとかしたいと思った。

そのためには、俺だけではダメだ。ひなたが必要だと思った。

ひなたは甘え上手だし、一方で世話焼きでもある。ひなたが涼太と付き合ったら、きっとお互いにわかり合えるし、支え合うだろうし、そのうち母親の影はなくなるだろう。

けれど、けっきょくそうはならなかった――

涼太はその日を境に、人と距離を取るようになり、口数も減っていった。

俺やひなた、一部の人とだけは繋がりを保っていたが、以前のような明るさは鳴りを潜め、静かに過ごすようになっていった。

あいつの中でなにかが変わった。

ただ一つ読み取れる感情は、母親に対する憎しみだった。

メンデルの法則は血が通っていない——

そこで俺と涼太は重なった。

お互いに血で縛られている。

涼太は自分の母親と、さらに言えば、その先にいる母親の不倫相手を憎んでいる。

俺は、ひなたと兄妹《きょうだい》であることで、あいつに悲しい思いをさせた。せめて血が繋がっていなかったら、あいつに悲しい思いをさせずに済んだのかもしれないが——けっきょくは俺も血で縛られているのだと知った。

そのうち、俺や涼太だけでなく、ひなたも問題を抱えていることがわかってきた。

ひなたはなんだかんだで昔から甘えたがりだ。甘えすぎると思っていた。

せっかく芸能界への道が拓《ひら》けそうだったのに、俺が辞めると自分も諦めてしまった。

この依存は良くない。家族として、兄妹として、この依存は——

このままの関係は、俺たち兄妹のためにならないと思い、俺はひなたに対してずっと冷たい態度で接してきた。それはかえって良くないのではないかと迷った時期もあった。

だから、涼太とひなたが付き合わないか、もどかしく思ったこともある。

涼太の心を癒《いや》せるのはひなただと思ったし、ひなたから俺に向けられている依存が涼太のほうに向けられたのなら、それで良いのではないかと俺は考えていた。

涼太は変わった。晶《あきら》に支えられて、今はどんどん前に進んでいる。

――でも、今は……。

ひなたも、きっともう大丈夫だろう。

本当に、この半年でひなたは変わった。たくましくなったし、頼れる仲間もできた。涼太や晶、仲間たちのおかげで変わったのだと思う。

だから、俺は兄としての役割が終わったと感じて家を出た。

――でも、それはけっきょく……。

俺は自分の感情が優先で、自分のためにしか行動していない。だから自分勝手だと言われたとしても反論はできないし、するつもりもない。

そんな自分勝手な性格を、俺はきっとこの先も変えられそうにもない。

だから、こんな自分勝手な俺が離れたら、ひなたはもう大丈夫。

ここから先は、俺のことなんて考えなくていい。

ただ一つ、これまでひなたに言わなかったことがある。

これを機会に、最後に言っておこうか――

俺は静かに身体《からだ》の向きを変え、静かに寝息を立てるひなたのほうを向いた。

「……お前が妹で良かったよ」

　本心からそう思う。

「俺たちはバラバラに暮らすことになるけど、向かう先は一緒がいい。これから先は、兄妹で同じ芸能界でやっていくんだ……ぶっちゃけ、どこかの現場で会うのも楽しみだったりする……」

　本当は、そういう未来を、あのころは望んでいた。

　一緒に、兄妹で、芸能界で活躍する未来を――

「でも、やっぱたまには料理を作りに来てくれ。自分で作るより、お前の料理がいい。やっぱ俺の料理より、お前のほうが美味《うま》いし……芝居については、俺が教えられることもあると思うから……」

　ああ、ダセェ……。

　これじゃあ依存しているのは俺のほうだ。

　でも、ダサくても、これが俺の素直な気持ちだ。

　けっきょく俺は、ひなたのことが好きなんだと思う。

「オーディション頑張れ。俺も頑張るから。……晶に負けんなよ」

俺はそう言って、再びひなたに背中を向けようとした。

ところが、急にひなたがゴロンとこちらを向いた。

顔が真っ赤なのを見て、俺は急速に「マズい」と頭の中で思った。

「……バカ！　お兄ちゃんのバカ……！」

「ひ、ひなた、お前、起きてたのかっ！　……っ⁉」

するとひなたは俺の胸にぴったりとくっついてきた。

「お、おい……どうした？」

「……大好きなの、お兄ちゃんのこと……」

「っ……⁉　お前——」

「さ、先にそっちが素直にいろいろ言ったんだからね！　だから私も素直に言っただけ！」

なんだそりゃ……。

俺が呆《あき》れていると、ひなたがさらにくっついてきた。

「大好きって、私は言ったよ……返事は？」

「……言えるか、バカ」

「ふふっ、言えないってことは、そういうことだよね？」

「っ……お前、いつからそんなに性格悪くなった……？」

「妹の寝たふりの演技に騙《だま》された、おバカなお兄ちゃんに言われたくないもん」

俺は頭を掻《か》きたくなったが、ひなたの腕が回されて自由が利《き》かなくて諦めた。

——バカ、か……。

そこだけは兄妹で似てしまったのかもしれない。

＊　＊　＊

翌朝、六時ごろに目が覚めた。ひなたは俺よりも先に起きて身支度を整えていた。

「もう熱はないみたいだね」

平熱まで下がった体温計の表示を見て、ひなたは満足そうに笑顔を浮かべる。

「今日はどうするの？」

「まだ怠《だる》いし、学校休むかな……」

「病み上がりだし、そのほうがいいかも。今日は卒業式だけで午前中で終わりだし、明日からお休みだし」

ひなたはそう言うと、すっくと立ち上がる。

「お前はどうすんの？」

「私は一回うちに帰って、準備してから学校に行くよ」

「そっか……」

「あれ？　もしかして寂しいの？　まだ一緒にいてほしいとか？」

「っ……そういうの、やめろよ……」

俺は頭を掻いた。

「でも、ありがとな？　助かった……」

「えへへ、お役に立てて嬉《うれ》しいな。──それじゃあ私はもう行くから、冷蔵庫におかゆの残りが入ってるし、ゆっくり休んでね？」

「あ、ちょっと待て──」

部屋の入り口で、ひなたが立ち止まった。

「ん……」

俺はポケットから鍵を出した。

「え？　これって……」

「だから、合鍵……ここの部屋の……」

ひなたに手渡すと、嬉しそうに頬を赤らめる。

「じゃあ毎日来てもいいってこと⁉」

「違う。たまにだ、たまに……」

「えー？　昨日の夜は毎日ご飯を作りに来てって言ってなかった？」

「言ってねぇ！　たまにだっつっただろ……！」

「そうだったかなぁ？」

本当に、こいつは……。

するとひなたは人差し指をちょんちょんと合わせ始めた。これはこいつがなにか頼み事をするときの癖だ。

「でも、私が会いに来たいから、毎日来てもいい……？　ダメかな？」

「その上目遣い、やめろ……」

俺は頭を掻いた。

「……好きにしろ」

「わ――い！　お兄ちゃん大好き！」

「だからそれやめろって……！」

なんだか熱がぶり返してきたように、俺の顔が熱い。

「あのね、私、今度のオーディションは必ず合格してみせる！　それで、絶対にいつか兄妹で共演しようねっ！」

俺は苦笑いを浮かべた。

「じゃ、せいぜい頑張れ」

「うん！　せいぜい頑張ってみせる！」

ひなたはそれだけ言って元気に帰っていった。

＊＊＊

週明け、三月七日月曜日。

俺はなんだか久しぶりに学校に来た感覚があった。

教室の扉に手をかける前に、俺は一つ深呼吸し、大きく肩で息をする。

そして扉を開けると、パタパタと寄ってきたのは千夏《ちか》だった。

「おはよ、光惺《こうせい》くん！　体調、もう大丈夫？」

「うす。もう平気。心配かけたな？」

「ううん、お見舞いに行けなくてごめんね？」

「必要ねぇって……」

するとと今度は涼太《りょうた》と月森《つきもり》が来た。

「光惺、帰還おめでとう」

「おめでとう」

「……なんだそれ？　朝からわけわかんね……」

涼太と月森は仲良さそうに顔を見合わせて笑っている。

この二人は……ま、俺には関係ないか。月森だけはいまだによくわからないし、涼太にはその気はなさそうだし、あまり深くツッコまないほうがいいだろう。

「で、オーディションはどうだった？」

「うんうん、私も気になってたんだ！　どうだったの⁉」

涼太と千夏がぐいぐいと近寄って訊《たず》ねてくる。

「ん？　……まあ、合格」

「え……マジか⁉」

「光惺くん、おめでとう！」

涼太と千夏が喜ぶ後ろで、月森もコクンと頷《うなず》く。

ただ、合格といっても、べつに主役を張るわけではない。運良く監督と演出家の目に留まることができて、脇役ではあるがそれなりにセリフの多い役をもらっただけだ。……いや、本当は嬉しい。今は少しほっとしていたりもする。

舞台公演は五月、ゴールデンウィーク。

スケジュール的にはこれから少しずつ忙しくなりそうだ。

「じゃあお祝いしないとね！」

「いいって、そういうの……」

「ううん、せっかくだしお祝いしようよ！」

千夏がそう言うと、涼太も「そうだな」と頷く。

「あ、そうだ！　うちの部長に頼まれてたんだ……」

「なにを？」

「それがさ、終業式の日に演劇部の打ち上げをやるんだけど、せっかくだし光惺と星野《ほしの》さんと結菜《ゆいな》を誘っておいてくれって頼まれてさ……」

「え？　私たちが混ざっちゃっていいの？」

「うん。うちの部長的には人がたくさん集まってくれたほうが嬉しいって」

「おもしろそー！　私はいいけど、結菜は？」

月森は遠慮がちに悩んでいる様子を見せた。

「私も行きたいけど、若葉《わかば》が春休みで……」

「あ、じゃあせっかくだし若葉たちも誘っておいてよ」

「え？」

「人数増えるぶんには問題ないから」

「……うん！」

月森は嬉しそうに頷いた。

「光惺も行くよな？」

「いや、俺は……」

「頼む！」

綺麗《きれい》に頭を下げられて、俺はやれやれと頭を掻く。

「……何時に、どこで？」

「参加してくれるのか!?」

「まあ、邪魔じゃなかったら……」

「よし！　じゃああとでみんなに場所と時間をＬＩＭＥするよ」

はいはいと星野が手を挙げた。

「あ、私たちのプレゼント交換も忘れないでね！」

「オッケー」

こんな感じで、週明けの朝っぱらから騒がしかった。

……ただまあ、こういう騒がしいのは嫌いじゃない。

みんなでわいわいというのは、俺の性に合わないと思い込んできたが――

「光惺、どうした？」

「ん？」

「なんかいいことあった？　お前、なんでニヤニヤしてんの？」

「してねぇって、べつに……」

俺は机に突っ伏した。

――やべぇ、顔に出るようになった……たぶんひなたのせいだな……。

できたら、来年もこうしてこの四人で同じクラスになりたい。

そう素直に思ってしまった自分が、なんだか気恥ずかしい。

でも、なんだか自然に笑えてきた。

＊＊＊

その日の帰りは久々に俺とひなたと涼太、晶《あきら》の四人で帰っていた。

涼太とひなたが並んで歩くのを後ろから見ていると、いつも惜しいなと思ってしまう。

この二人が付き合ってくれたらと俺は望んでいたが、それもここまでくればもう難しいだろう。だいいち、涼太には今——。そんなことを考えていたら、

「上田《うえだ》先輩、もう体調はいいんですか？」

と、珍しく晶に話しかけられた。

「……大丈夫。いろいろ、世話になったみたいだな？　悪い……」

「僕というより、ひなたちゃんにきちんと謝りましたか？」

「まあ、いちおう……」

なんだかやりにくい。

ひなたのために頭を下げまくった話を聞いたから、余計に。

「じゃあ……僕も、ごめんなさい」

と、晶は頭を下げた。

「これまでいろいろ言い過ぎたこと、反省してます……」

こう素直に頭を下げられると、余計にやりにくくなる。

「いや、気にしてないし、俺もいろいろ言い過ぎた……」

「じゃあ仲直りってことで、これからも兄貴ともどもよろしくお願いします」

「なんだよ、それ……」

俺は苦笑した。

ひなたからお礼を言うように言われてるし、この機会に伝えておくか――

「今回の件、ありがとな、晶」

「いいですって……へ？」

「ん？　なんだよ？」

「今、僕のこと、晶って言いました？」

「だから、なんだよ？」

すると晶は急に驚いた顔をして、涼太の陰に隠れた。

「兄貴、大変大変っ！　上田先輩がおかしいんだっ！　熱のせいで変になっちゃった⁉」

「……おい」

涼太が戸惑いながら晶に訊《き》く。

「どこが変なんだ？」

「だっていつもは僕のことチンチクリンって言うのに、名前で呼んだんだっ！」

「あ、じゃあまともになったってことだな」

「あん⁉」

俺が睨《にら》みを利《き》かせると、晶と涼太が「ひえっ！」とひなたの陰に隠れた。

「人を変だとかまともだとか言ってんじゃねぇ！」

するとひなたがニコニコとこっちを見る。なんだか嬉《うれ》しそうだ。

「まあまあ、お兄ちゃん。怒らない怒らない」

「……たく」

「これからもちゃんと晶のことは晶って呼んであげてね？」

「うっせ……」

やはり俺は晶のことは苦手だ。

ただまあ、いちおう恩人ではあるので、チンチクリン呼びは控えることにするか。

3 MARCH

3月 7日（ 月 ）

先週の金曜あたりからひなたちゃんの笑顔復活！

というか、前よりもすごく元気な気がする。上田先輩となにかあったのかな？

オーディションも良かったみたいだし、今朝もニコニコだったし、

上田先輩と仲直り？みたいな感じで、これからは上田先輩のマンションに

たまに行くことになったって！

元通りじゃないかもしれないけど、ひなたちゃんの笑顔が戻って良かったー！

そうそう、上田先輩だけど……なんか変？

素直っていうか、前まで絶対に謝らない人だと思ってたのに謝ってきたし、

お礼まで言われるし、なんだか調子狂うなぁ。

私も言い過ぎたことを謝っておいた。

なんていうか、和解？

いつもみたいに「チンチクリン」じゃなくていきなり名前呼びだし、

ほんと、なに考えてるかわからないけど、今日の上田先輩は素直な感じがした。

もしかすると、ひなたちゃんの看病のおかげで、性格が丸くなったのかも。

良かったね、ひなたちゃん！

上田先輩はなんだかんだで兄貴の大事な友達だし、ひなたちゃんの大事な

お兄ちゃんでもあるんだよね。

今までいろいろあったけど、これからも四人で仲良くやっていきたいなって思った！

あーでも、オーディションの結果も気になるぅ～……！

上田先輩は舞台のオーディション通ったみたいだし、

あとは私とひなたちゃんの結果を待つだけ……。

郵送されるみたいだけど、届くのを待つのも緊張するなぁ。

もし合格したら、いよいよ……。

大丈夫！

ひなたちゃんも一緒だし、兄貴がついてるし！

最終話「じつは……みんな、お疲れ様でした！」

明日、三月二十三日は終業式。

その前日の午前中は、結城《ゆうき》学園恒例の一、二年合同球技大会が行われる。

男子はバスケ、女子はソフトバレーで、体育の授業の延長のようなもの。言ってしまえばレクリエーションで、そこまで本気になる必要がない。

そんなわけで、俺と光惺《こうせい》は体育館の端に座ってダラダラとしていた。

そこに、晶とひなたがパタパタと手団扇《てうちわ》をしながらやってきた。

「ふぃぃぃ～……つかれたぁー……」

「汗かいちゃったねー……」

「お疲れ、二人ともー」

「兄貴ぃ、負けちゃったよぉ～……仇《かたき》をとってきて～……」

「……女子の試合に乱入しろと？」

さすがにそこまでのメンタルの強さはない。

ひなたは光惺の隣に座ってニコニコと試合のことを話し始めた。

光惺は鬱陶しそうにしていたが、だいたいいつも通りの反応。

ただ、表情が和らいでいるのを見れば、以前よりは関係が良くなったのかもしれない。

そのあと喉が渇いたので、俺と晶は体育館を出て飲み物を買いに向かった。

その途中、こんな話をした。

「あのとき鍵を開けてもらえて良かったよな？」

「ほんとほんと。お父さんが管理人さんの知り合いで良かったよ」

「だな。さっきの様子なら、光惺とひなたちゃんはもう大丈夫だろう」

「最初はどうなるかと思ったけどね？」

雨降って地固まる──俺と晶はそう思うことにした。

「でもさ、血の繋《つな》がった兄妹《きょうだい》ってあんな感じなのかな？」

「ん？」

「月森《つきもり》先輩と夏樹《なつき》くんのときもそうだったけど、コミュニケーションがうまく取れなかったり、喧嘩《けんか》したり……」

「そうかもな……」

その点、俺たちの場合は兄妹喧嘩もなければ、コミュニケーション不足というわけでもない。……コミュニケーション過剰気味かもしれないが。

「ま、俺たちは兄妹喧嘩とは一生縁がないかも」

「夫婦喧嘩はするかもね？」

「うぐっ⁉」

油断したらすぐこれだ。たぶん喧嘩をしても俺が負けそうな気がする。

そもそも晶だったら喧嘩をする前にうまく立ち回りそうな気がして、それはそれでやっぱり俺の負けだ。

まったく、うちの義妹《いもうと》には敵《かな》わない。

＊＊＊

飲み物を買って体育館に戻ったあと、俺と光惺の試合順が回ってきた。

俺と光惺は元バスケ部とはいえガチ勢じゃない。

去年のように、疲れない程度に適当にプレイして、おいしいところはクラスの連中に任せて、あとはダラダラと体育館の端っこで時間を潰せればそれで良かったのに——

「兄貴たちのぉ～、カッコイイとこ見てみたい！」

「お兄ちゃんたちの～、イケてるところ見てみたい！」

義妹たちの煽《あお》りが、兄心を妙にくすぐる。

これは、兄としてやる気を出さなければいけない場面なのだろうか？

「うぜぇ……」

光惺が一蹴すると、ひなたがニコニコと光惺の腕を引っ張る。

「元バスケ部でしょ？　たまには本気のところ見せてよ～」

「だからうぜぇって……」

光惺がひなたに寄られて身を引いている。……というか照れている？

「あ～、もう、わかったって……」

「えへへへ、期待してるよ、お兄ちゃん♪」

光惺からまさかの「わかったって」が出てしまった。

――こいつ、ちょっとひなたちゃんに甘くなってないか……？

となると、

「ほらほら、兄貴もやる気出して～」

「あのな、俺は汗かきたくないの……」

「兄貴の汗の匂い、僕は好きだな～……クンクン」

「その変態っぽいのやめてっ！」

周りに聞かれてるのではないかとヒヤヒヤする。というか、わざと俺がヒヤヒヤするように言っている節があるからタチが悪い。

「上田先輩はやる気出したみたいだよ？　やっぱ妹パワーが僕とは違うのかな？」

「なんだその妹パワーって……」

「わかった。本気出してくれたらちゅーしてあげる♪」

「妹のやることじゃねぇだろそれ！」

とかなんとか言っているうちに、うちのクラスの順番が回ってきた。

男子のバスケの試合は前後半戦。クラスの男子を二チームに分けて、前半組と後半組に分かれる。俺と光惺は前半組だった。

「お兄ちゃん、涼太《りょうた》先輩、頑張って〜！」

「兄貴〜、頑張って〜！　ついでに上田先輩も〜！」

コートの端から義妹たちの黄色い声援が聞こえてくる。なぜかたまらなく恥ずかしい。

俺と光惺は若干げんなりとしながらコートに入っていった。

「晶のやつ、ついでにってなんだ……」

「まあ、応援してもらえるだけいいだろ？」

やれやれと二人で苦笑いを浮かべる。

「……でも、なんか懐《なつ》かしいな？」

光惺が、ポツリと呟《つぶや》くように言った。

「……まあな。あのころはひなたちゃんがよく大会に来て応援してくれてたな？」

「まあ、うざいから来るなって言ってたんだけど」

「ひっでぇ」

「あいつはお前の応援に来ただけっつってたけどな？」

たぶん、それは、それだけではないと思う。

本当は光惺の応援がしたくて……あ、そうか。

今さら気づいた。ひなたはとっくに光惺に対してツンデレだったのか……。

「お前が素直じゃないから、ひなたちゃんもツンデレに育ってしまったんだな……」

「なんの話？」

「いや、こっちの話」

対戦チームがまだ揃《そろ》わないので、俺と光惺はコートで話し続ける。

光惺の機嫌も良さそうだし、ついでだから前から気になってたことを訊いてみるか。

「でさ、前から光惺に訊きたかったんだけど……」

「なに？」

「俺たち、友達だよな？」

「……は？　友達？　なに言ってんの、お前……」

光惺は呆《あき》れた顔をした。

そりゃそうか、いきなりこんなことを訊かれて変に思わないはずがない。

「すまん、念のための確認だった……」

「なんの念押しだよ？　バカなこと言ってないで、ほら、さっさと行くぞ……──相棒」

俺は驚いた。

「え？　相棒……？」

光惺は金髪を掻《か》いたが、そこに少しだけ照れが混じってるように見えた。

「なんだよ……それぐらいがちょうどいいだろ？　不満か？」

「いや、不満じゃないけど、それ、逆に……」

俺は心の底から嬉しくなった。

その言葉が、友達以上にカッコよく響いたからかもしれない。

「光惺、この試合ガチで勝ちに行くぞ！」

「あっそ……。張り切りすぎてケガすんなよ？」

光惺がそっと拳を差し出してきたので、俺も拳を出してトンと合わせる。

なんだか懐かしい。

まるで中学時代の俺たちに戻ったような、そんな気がした。

＊＊＊

翌日、三月二十三日の終業式。

校庭の桜がいつの間にか蕾《つぼみ》をつけ、春の気配がもうすぐそこまで近づいている。明日から春休み。それをすぎたら、いよいよ学年が上がり、俺は三年生になる。

なんだかあっという間だが、特に晶《あきら》がうちに来てからはさらに時間が加速していった気がする。それだけ充実していたということだろう。

ただまあ、気を引き締めないといけない。

晶とひなたのオーディション結果が昨日郵送されてきて、二人とも無事に合格。

あとは、同封されていた契約書にサイン、押印《おういん》して、近々フジプロAに直接持っていくことになっている。

俺は俺でサブマネの正式雇用が決まったこともあり、うかうかしてもいられない。

社員研修に参加してみて、いつまでも学生気分ではいられないと悟った。

高校生だからと容赦してくれるような、そういう甘い場所ではないと。

そのとき、新田《にった》さんからいろいろ聞いた。

今年は大改革の時期で、すでにいろいろなプロジェクトが動き出しているそうだ。

守秘義務があって多くは語れないが、忙しくなりそうだ。

ぼんやりとそんなことを思い浮かべながら、家から打ち上げ会場まで向かっていると、
隣で俺の腕をとって歩く晶がそっと立ち止まった。

「どうした？」

「ん～……まだ実感が湧かなくて」

「実感？」

「この春休みから、僕も芸能人になるんだなぁって。でも……」

「でも、どうした？　不安か？」

「うん。不安は不安」

晶はてへへと笑う。

「本当に大丈夫かなって、昨日はあまり眠れなかったんだ」

「そっか……。まあでも、なんとかなるだろ？」

「そんなテキトーな……」

「いや、俺がなんとかしてみせる」

「ふえぇ!?」

　そんな、赤くならんでも。

「そのためにサブマネを買って出たんだ。任せろ」

「う、うん……」

　晶は嬉《うれ》しそうに俺の腕にしがみつく。この歩きにくい感じも、今ではすっかり慣れたが、これからは人前では余計に見せられないなと思った。

＊　＊　＊

　途中の駅で、結菜《ゆいな》と夏樹《なつき》、若葉《わかば》と合流することになっていた。

　もう一人の弟くんは、少年野球の春合宿で沖縄にいるらしく、結菜は今日も二人だけ連れていたのだが、

「晶にぃ〜〜〜！」

「真嶋《まじま》さ〜〜〜ん！」

　と、若葉は晶に、夏樹は俺に抱きついて……ん？

「真嶋さん、会いたかったです！」

「そ、そうか……俺も夏樹に会いたかったよ、うん……」

「ほんとですか⁉　嬉しい～！」

夏樹は俺の胸に顔を埋《うず》める。……それは、まあいいのだが。

夏樹は春休みになって、より可愛《かわい》らしさに磨きがかかったらしい。念のため説明しておくと、彼は男である。美少女に見えるが、美少年だ。美少女に見えるが。

「真嶋さん、もう肘は大丈夫ですか？」

「お、おう！　この通り！」

俺は右肘を張って、力こぶを出すようにしてみせる。

夏樹は俺の二の腕から肘をペタペタと触りながら、申し訳なさそうな顔をした。

「あのときは、ボクのためにすみませんでした……」

「いや、気にするなって。俺も楽しかったし……」

「でも……」

「そんな顔すんな。そうそう、もううちの野球部の練習に出てるんだろ？」

「はい！　土日だけですが、先輩たちに交じって楽しく練習してます。明日からは本格的に参加する予定です」

「それは良かった」

夏樹もうすぐ結城《ゆうき》学園に入学するのか。後輩ができるのはなんだか嬉しい。

「それで、あの……」

「ん？　どうした？」

「また、真嶋さんに勉強のこととか、いろいろ訊《き》きたくって……」

そんな顔を真っ赤にして上目遣いで見られたら、さすがに嫌とは言えないな。

「まあ、俺でよければ……」

「本当ですか！　やった～！　真嶋さん、大好きです！」

「そ、そうか……？　あははは……――はっ⁉」

晶と目が合った。すごく怒っている。

いやいや、なにをそんなに怒ることがあるのだろうか？

「兄貴、集合して」

「はい……」

俺は晶の元に集う。……最近、このパターン増えてないか？

「なんで夏樹くんにデレデレしてるか説明してもらえますか？」

「いや、だからそれは後輩から頼まれたら、その、嬉しいと言いますか……」

「鼻の下、伸びてた……」

「伸びてねぇって！　だいたい夏樹は男だ！」

冷たい目で見られるが、ほんと、なにもない……と、思う、たぶん。

時間を気にしていた結菜が俺たちに声をかける。

「涼太《りょうた》、晶ちゃん。そろそろ行かないと」

「あ、すまん」

「今行きます！　……兄貴、この話の続きはおうちで」

「はい……」

そのあと晶は若葉にひっつかれて歩きにくそうにしていた。その後ろから、俺と結菜と夏樹が並んで歩く。月森《つきもり》家は相変わらず仲が良いみたいで、なんだか安心する。

不意に、結菜が口を開いた。

「涼太、ありがとう」

「えっと、夏樹の件？」

「それもあるし、これ――」

結菜はそっとポケットからスマホを取り出すと背面を見せた。そこには俺がクリスマスプレゼントであげたポップグリップがついていた。

「それ、使ってくれてるんだ?」

「特別な日だけ。やっぱり、大事なものだから……」

そう言って気恥ずかしそうに顔を伏せ、大事そうにポップグリップの先を撫《な》でる。

俺もなんだか照れ臭くなって、しばらく会場までは夏樹と話し続けた。

＊　＊　＊

洋風ダイニング・カノン——

「それではぁ～、演劇部の一年間お疲れさんさんサンキュー会兼、真嶋先輩たちのプチクラス会兼、晶ちゃんひなたちゃん上田《うえだ》先輩オーディション合格祝賀会を開催しま——す！　かんぱーい！」

やけに長ったらしい西山《にしやま》の乾杯の音頭《おんど》のあと、みんなそれぞれ近くの人に話しかけにいった。演劇部八人に加え、光惺《こうせい》、星野《ほしの》、結菜、夏樹と若葉の合計十三名。

今回も二時間貸し切り。わいわいがやがやと楽しい雰囲気が続く。

親しい者同士で固まるかと思いきや、案外バラけて、普段話さない相手とそれぞれ話していた。

光惺はやはりというか女子人気が高く、高村《たかむら》、早坂《はやさか》、南《みなみ》のいつもの三人に取り囲まれて、気まずそうになにかを話していた。

伊藤《いとう》はというと、夏樹に興味を示したようで、なにかを積極的に話しかけている——

「夏樹くんはメイド服とチャイナ服ならどっちがいい？」

「え⁉ ボクの好みですか⁉」

「ううん、もし着るとしたら」

「えぇっ⁉ えっと、ボクはその、男の子で……」

「うん、関係ない」

——聞かなかったことにしよう、うん……。

ちなみに若葉の相手は西山がしていた。

「おねーさんは彼氏いるのー？」

「んー……そうだなぁ、いる寄りのいないかなぁ？」

「え？ いないってこと？」

「ん～、いないというわけではないんだけど、いるに近い的な？」

——いや、いねぇだろ……。

「オレはね～、最近同じ少年野球の男子と～……」

「はぁ!?　えっ!?　小学生にはまだそういうのは早いって！　そういうのはお互いに責任をとれる歳《とし》になってからっ！　じゃないとダメ！　お姉さんは反対！」

「えぇ～～～？」

小学生相手になにを言っているのだろうか、あいつは。……まあいい。

ふと視線を流すと、ひなたと星野が話していた。

「この度はうちの兄がとんだご心配とご迷惑をおかけしてしまい……」

「いえいえ、何事もなくて良かったです……」

「今後とも兄のことをよろしくお願いします！」

「こ、こちらこそ……！」

お互いにペコペコと頭を下げ合って、なんだか社会人みたいだ……。名刺交換でもしたのだろうか？　とりあえず二人の関係は特に悪そうではないが、他人行儀な感じだ。

ところでうちの義妹《いもうと》は──

「撫で撫で～」

「えへへへへ～」

「ゴロゴロ～」

「えへへへへへ～」

──すっかり結菜に手懐《てなず》けられていた。

頭を撫でられて気持ちよさそうにしているが、なんだかデカい猫を見ている気分だ。

そんな感じで、俺は会場の片隅で、楽しそうに過ごしているみんなの様子を眺めていた。

なんだか不思議な気分だった。

楽しい場所と時間を共有しているはずなのに、自分だけふわふわと足元が浮いているような、ここにいる実感が湧かないような、そういうどこか離れて見ている気分だった。

去年の今ごろはどうしていただろう。

部活にも入らず、一人で部屋でダラダラと春休みを迎えていたと思う。

一年後の今、自分のいる環境が変わり、これだけの人と仲良くなれたのは……やはり、なんだか実感が湧かない。ただまあ、それもこれも晶《あきら》が義妹になってからだろう。

環境が人をつくると建《たける》さんが言っていたのを思い出す。

一年後、ここに俺はいないけれど、これからもこのメンツで集まりたい……なんだか、そう思った。

「──って、な～に黄昏《たそが》れてやがるんですかぁ～？」

「げっ！　西山……」

「可愛い後輩がきてやったのに、なーんすか、そのリアクションは～～!?」

例の如《ごと》く、酔っていた。……ウーロン茶で。

「センパァ～イ……私、彼氏募集中なんですけど～……」

「そうか……応募してくれる人がいるといいな……？　あとあっち行け」

「えぇ～？　先輩は応募してくれないんですかぁ～？」

「うん、しない。あとあっち行け」

「ってオイ！　即答はダメでしょ！　あっち行けとか傷つくでしょ！　可愛い後輩がアプローチかけてんのに、なーんすか、その引いた目は！」

超超超めんどくせぇぇぇぇぇぇぇぇ～～～～……。

「なーんて♪　安心してくださ～い。シスコン街道まっしぐらな先輩を落としに行ったりしませーん♪　応募してきたら無慈悲に落としまーす♪」

「なるほど、よーくわかった――」

俺は右手で西山の顔面を力いっぱい摑《つか》む。

「あいたたたたぁ――っ！　顔面が割れちゃうぅ～～～！」

「そりゃもう割りにいってるからな？　よし、クチャッといってみようか～」

「ストップスト――プ！　お慈悲……お慈悲をおぉおお～～～……！」

頭を押さえつけられた虫のように西山が手足をバタバタとやっていると、伊藤がやってきた。

「和紗《かずさ》ちゃんがまたなにかやらかしたんですか？　すみません……」

「いやいや、伊藤さんが謝ることじゃないよ？」

パッと手を離すと、西山は顔面を押さえて「私の顔面どこいったー!?」と叫んでいる
……放っておこう。

「あの、備品のリスト作りありがとうございました」

「伊藤さんこそお疲れさま。完成して良かったね？」

「はい！　おかげさまで……それで、あの……」

「どうしたの？」

「これからも、たまにでいいので、部活に顔を出してもらっていいですか？」

「え？　ああ、うん……そのつもりだよ」

「そうですか、良かった～……。真嶋《まじま》先輩、ありがとうございます」

伊藤は安心したのか、軽く会釈《えしゃく》をして、西山を連れていく。去り際、西山は俺のほうを向いた。少し半泣きになっているのは、痛かったからだろうか。

「私に会いたくなったらいつでも部室に来てくださいね！」

「ま、行かないと面倒臭そうだしな。主にお前が」

「ふーんだ。真嶋先輩が手の届かないくらい、絶対可愛《かわい》くなってやるんだから！」

――つくづく、可愛くないやつ……。

でも、西山が寂しがるので、たまに顔を出そうと思う。

すると今度は、光惺と星野と結菜《ゆいな》がやってきた。

「真嶋くん、そろそろプレゼント交換しよう」

「そうだね。じゃあ向こうに行こうか」

荷物を置いていたところで、俺たちはそれぞれ持ち寄ったプレゼントを交換し合う。

中身については帰ってからのお楽しみということで、ここでは開けなかった。

星野はニコニコと笑顔で口を開いた。

「来年もこの四人で一緒のクラスになれるといいね」

俺からすると完全にフラグなのだが、水を差したくないので言わない。

「そうだね」

結菜も笑顔でコクリと頷《うなず》くと、星野のテンションが一気に上がった。

「結菜が笑顔だー！　めずらしー！」

「そんなことない、たぶん……」

「結菜、笑顔が増えたよね～？」

「そうかな……？」

結菜は絡《から》まれて照れ臭そうにしていると、逃げ場所を求めるように俺を見たが、俺は苦笑いで返しておく。すると、光惺も珍しく口を開いた。

「来年もこの四人がいいな」

「「「え？」」」

「……なんだよ？」

「いや、なんか、他人に無関心なお前にしては、珍しいと思って……」

「知らないやつとまた一から関係つくんのがめんどーなの。修学旅行とかあんだろ？」

照れ臭そうに頭を掻《か》きながら言う光惺を見ていて、俺たちはなんだか笑顔になった。

＊　＊　＊

そのあと二次会をすることになり、俺たちはカラオケに向かった。

「みんなぁあああっ！　愛してるぜぇえええ────っ！」

と、一曲目から西山《にしやま》がシャウトする。

みんなが西山を愛しているかはべつとして、とりあえずハートだけは伝わってきた。

西山が最初に盛り上げたおかげで次からが歌いやすくなった。

晶とひなたがデュエットしたり、月森《つきもり》三きょうだいが一緒にアニソンを歌ったり、演劇部の面々が仲良く歌ったりなどして、それぞれの普段とは違う面が見られて楽しい。

俺はそんなに得意なほうではないが、光惺《こうせい》は――こいつ歌まで完璧かよ……。

もちろん星野《ほしの》は光惺を見て恍惚《こうこつ》とした表情を浮かべている。

そんな感じで二次会のカラオケも大いに盛り上がり、いよいよお開きになった。

「みなさん、一年間ほんっとーにお疲れさまでした！　おかげさまで演劇部のこの一年間は最高のものになりました！　先輩たちについてはあと一年ですが、残された時間で最高の思い出をつくってください！　それじゃあみんな、来年も頑張るぞぉ――っ！」

オー！　と高らかに叫んだあと、カラオケ店の前で解散した。

ひなたはこれから光惺の家に行くらしい。星野は月森三きょうだいと仲良く帰っていき、演劇部の連中も固まって帰っていた。

俺と晶も、ゆっくりと家に向かって歩き始める。

「楽しかったね、兄貴」

「ああ。なんかちょっとだけ切なかったけどな」

「そうだね……僕ら、春休みから忙しくなっちゃうもんね……」

たぶんな、と言って夜空を見上げた。

やり切った感と言うより、やはりなんだか寂しいものがあった。

いちおう春休みも演劇部の活動があるので、サブマネの仕事の傍《かたわ》ら、たまには顔を出したい。そう思えるほど、この半年は大変だったけれど楽しかったのだろう。

それにしても星が綺麗《きれい》だ。雲一つなく、ビルの谷間からも星々の輝きが見える。

すると晶が俺の前に躍り出た。

「兄貴、このまままっすぐ帰っちゃう？」

「ん？　どこか寄り道したいのか？」

「ん～とね、スマホ見て」

言われてスマホを見ると、光惺からＬＩＭＥが入っていた。

『うちで三次会する。来るよな？』

俺は少し驚いた。まさか光惺から三次会の誘いが来るとは。

「さっきひなたちゃんと話してたんだ。なんか話し足りないねって」

「そうか……」

「どうする兄貴？」

「そうだな。今晩は親父《おやじ》たちも遅いって言ってたし、光惺ん家《ち》、行くか？」

「うん！　いこいこ！」

騒ぎ疲れていたのに、俺と晶の足は軽かった。

たぶん、新しいステージに向かって歩き始めたからだろう。

もちろん不安はある。今はまだわからないけれど、この先楽しいだけではやってられないことも、なにか大きな壁にぶち当たることだってあるだろう。

けれど、傍らにこの笑顔があるのなら――

「なに？　人の顔をジロジロ見て？」

「なんか楽しそうだなって思ってさ」

「そりゃ兄貴と一緒にいるからね♪」

「そっか」

――傍らに晶《あきら》がいるのなら、俺はこれからも頑張れる気がする。

上田《うえだ》兄妹《きょうだい》や演劇部のみんなや、クラスメイトたち。

もっと言えば、親父や美由貴《みゆき》さん……それと、建《たける》さんも。

一人じゃないと教えてくれたみんなのために、俺は残された高校生活を精一杯頑張りたいと思う――

「ところで兄貴」

「ん？　なんだ？」

「さっきカラオケのとき、夏樹《なつき》くんと連絡先を交換してたよね？」

「ああ、高校に入学したから新しいスマホを買ってもらったとかなんとかで。──ほら、あいつこういう可愛いスタンプ使うんだな～」

と、俺は夏樹とのトーク画面を開いてみせて、はっとなった。

「ふ～ん……なんでそんなに嬉《うれ》しそうなの？」

あ、なんかヤバいですね、この空気……。

「ねえ、なんで？　ねえねえねえ？」

「おっと、なんか急にダッシュしたい気分になってきたぁ────っ！」

「って、コラ！　まだ話の途中！　兄貴ぃ！　逃げるなぁ────っ！」

──とりあえず、今は光惺のマンションまで精一杯逃げたい……。

3 MARCH

3月23日（ 水 ）

今日は終業式！　午後からは演劇部の打ち上げで、なんとなんと、今日は月森先輩、星野先輩、上田先輩、それから夏樹くんと若葉も参加！

若葉からはあいかわらず「晶にぃ」って言われるけど、まぁ、うん……。

そんなわけで、今日はお料理を食べたり、カラオケに行ったりして盛り上がりました！楽しかったー！

よくよく考えてみれば、集まったメンバーって、みんな兄貴と関わりのある人たちばかりだったなぁ。

月森先輩にナデナデされるの気持ち良かったー。最近は夏樹くんも若葉も頭をなでさせてくれないんだって。恥ずかしいみたいだけど、私は好きだなー。

星野先輩ともちょっとだけ話したけど、兄貴たちと四人でまた同じクラスになれたらなぁって話してたみたい。せっかく仲良くなったんだから、三年でも一緒になれたらいいなって思った。私もひなたちゃんと同じクラスがいいなぁ。

そうそう、ひなたちゃんと私はオーディション合格したから、春休みから忙しくなりそう！

これから演劇部にはあんまり顔出しできないかもだけど、行けるときは頑張って顔を出したいと思う！

カラオケが終わったあとは、上田先輩のマンションで、兄貴とひなたちゃんと四人で三次会をしました！

途中で真面目にお芝居の話もして、上田先輩からいろいろ教わった。

改めて頑張らなきゃって思った。

兄貴の提案で、上田先輩とお父さんからお芝居について教わることになったし、兄貴は兄貴でサブマネの仕事をきっちりやるって言ってた。

兄貴が燃えていた。また朝五時起き、早朝ランニングとか言われたら辛いなぁ……。

そんな感じで。まだまだわからないことだらけで、不安なことはいっぱいあるけど、私はこれからも頑張りたいと思います！

ひとまず、ありがとうみんな！

三学期お疲れさまでしたー！

あとがき

　こんにちは、白井《しらい》ムクです。じついも六巻のあとがきを書かせていただきます。

　はじめに、白井ムクの完全新作のご紹介から。

　この度、じついも六巻と同時に、

『双子まとめて『カノジョ』にしない?』(以下略称「ふたごま」)

が発売となりました。

　ふたごまは、今回もイラストレーターの千種《ちぐさ》みのり先生、担当編集の竹林《たけばやし》慧《けい》様はじめ、チームじついもの皆さんとともに紡《つむ》いでいく新たなお話です。

　高校に入学し、モブとして順風満帆に過ごしていた主人公に、ある日大事件が起きます。

　ひょんなことから、学年一の美少女で優等生のヒロインと関係を深め、両想《りょうおも》いになり、告白され、そしてキス——までの流れは良かったのですが、そこにもう一人同じ顔の女の子が現れ、双子だということが発覚してしまいます。

　うっかり二人とも攻略してしまい、ちゃっかり同時に告白が成立してしまい、しっかり双子と付き合うことになってしまいました。そんな、双子と同時恋愛が楽しめる、ドタバタでドキドキなラブコメに仕上がっております。

じついもの晶《あきら》に匹敵する可愛《かわい》い双子ヒロインが登場しますが、ゆるーくじついもと関わりがあるお話でもありますので、じついもファンの皆様だけではなく、じついもシリーズを読んだことのない皆様にもオススメです。

ぜひ、じついもシリーズとともに完全新作ふたごまもよろしくお願いいたします。


さて、前巻から気になっていた方もいらっしゃったかと思われますが、今巻はバレンタインデーの日に起きた上田兄妹《うえだきょうだい》の騒動がメインのお話でした。

涼太《りょうた》は上田兄妹と関係が長く深いので、いつものように踏み込んでなにかをしようとしますが、そこで躊躇《ちゅうちょ》してしまいます。晶もどうしていいかわからずに悩んでいました。

すると西山《にしやま》が「ドキチュー大作戦」を提案します。孫子《そんし》の兵法を兄妹喧嘩《げんか》に生かすという作戦でした。さらにそこに、月森結菜《つきもりゆいな》からの「エントロピー増大の法則」のお話。問題をそのまま放っておいても解決は難しい、なにもしないよりはなにかをしたほうがいいということで、最初は半信半疑だった西山の作戦に真嶋《まじま》兄妹も乗っていきます。

そんな中、光惺《こうせい》の意外な一面が明らかになり、子役時代から、彼がなにを思ってきたのかが語られます。ひなたも今回の経験を経て大きく成長を果たしました。

こちらの兄妹の関係にヤキモキとさせられてきたわけですが、お互いにほどよい距離感になり、ここからまた新たな関係が始まっていきそうな予感がします。

光惺はストイックに頑張るようですが、やはりひなたへの甘え？　甘やかし？　は続きそうです。なんだかんだでひなたが気になっている感じが光惺らしいですね。一方で、ひなたの「お兄ちゃん離れ」はもう少し時間がかかるかもしれません。光惺のマンションに通うことになりそうですが、これからは光惺に気を使わずにやっていけそうですね。

今後はべつべつの事務所から芸能界に進んでいく二人に、ご注目ください。

また、これからも真嶋兄妹の物語を綴《つづ》っていきたいと思いますので、どうぞこれからもじついもの応援をよろしくお願いいたします。

ここで謝辞を。

これまで多くの方のご支援とご協力を賜り、六巻を発行するに至りました。

担当編集の竹林様には大変お忙しい中、じついも六巻だけでなく新作ふたごまのほうもお世話になりました。的確なアドバイスをいただき、また何度も打ち合わせにご協力いただけたこと、心より感謝申し上げます。

そして、ファンタジア文庫編集部の皆様、三十五周年おめでとうございます。また、出版業界の皆様、販売店の皆様、書店員の皆様、それぞれの関係者の皆様にも、じつぃも六巻とふたごまの制作・宣伝・販売にご尽力いただけましたこと、厚く御礼申し上げます。

イラスト担当の千種みのり先生にも、お忙しい中、新作ふたごまと同時並行で大変だったかと存じますが、今回も素敵で素晴らしいイラストをご用意していただきました。これからも一緒にお仕事ができること、大変心強いです。今後ともよろしくお願いいたします。

また、コミカライズでお世話になっております堺《さかい》しょうきち先生並びにドラゴンエイジ編集部の皆様にも厚く御礼申し上げます。じつぃものコミカライズが毎回楽しみで、いつも楽しく読ませていただいております。

そして、いつも陰ながら支えてくださる結城《ゆうき》カノン様、心の安らぎをくれる家族のみんなにも心より感謝を申し上げます。これからもよろしくお願いいたします。

最後になりますが、本作、本シリーズをここまで応援してくださった読者の皆様に心よりの感謝を申し上げます。そして、本作に携わった全ての方のご多幸を心よりお祈り申し上げまして、簡単ではございますが御礼の言葉とさせていただきます。

滋賀県甲賀《こうか》市より愛を込めて。

白井ムク

原作ボイスコミック
じつは義妹《いもうと》でした。

（略して「じついも」）

原作ボイスコミック
そ、それじゃあ…お、お背中、お流ししま〜す…

おいおい、そんなに丁寧じゃなくていいぞ？もっとゴシゴシとやってくれ！

キャア！

ははっ、気をつけろよ〜？…ん？んんっ!?

石鹸で滑ったんだろう。アキラの柔らかな体が俺の背中に飛び込んできた!?

夏休みも終わり、始業式の日。制服に着替えたアキラは、可憐で、ただの美少女…。

こんな美少女と俺は1ヶ月くらい一つ屋根の下で暮らしていたのだと思うと、なんだか胸が高鳴ってしまう。

ど、どうかな…？

いや、べつに…

家族として、兄妹として、そういう目でアキラを見てはいけない。そのせいでアキラにそっけない態度をとってしまう自分がたまらなく嫌だ。

イラスト／寿帆

お便りはこちらまで
〒一〇二－八一七七
ファンタジア文庫編集部気付
白井ムク（様）宛
千種みのり（様）宛

富士見ファンタジア文庫

じつは義妹《いもうと》でした。 6
～最近《さいきん》できた義理《ぎり》の弟《おとうと》の距離感《きょりかん》がやたら近《ちか》いわけ～

令和５年11月20日　初版発行

著者――白井《しらい》ムク

発行者――山下直久

発　行――株式会社KADOKAWA
〒102-8177
東京都千代田区富士見2-13-3
0570-002-301（ナビダイヤル）

印刷所――株式会社暁印刷

製本所――本間製本株式会社

ISBN978-4-04-075226-6 C0193

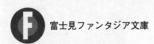

ファンタジア文庫

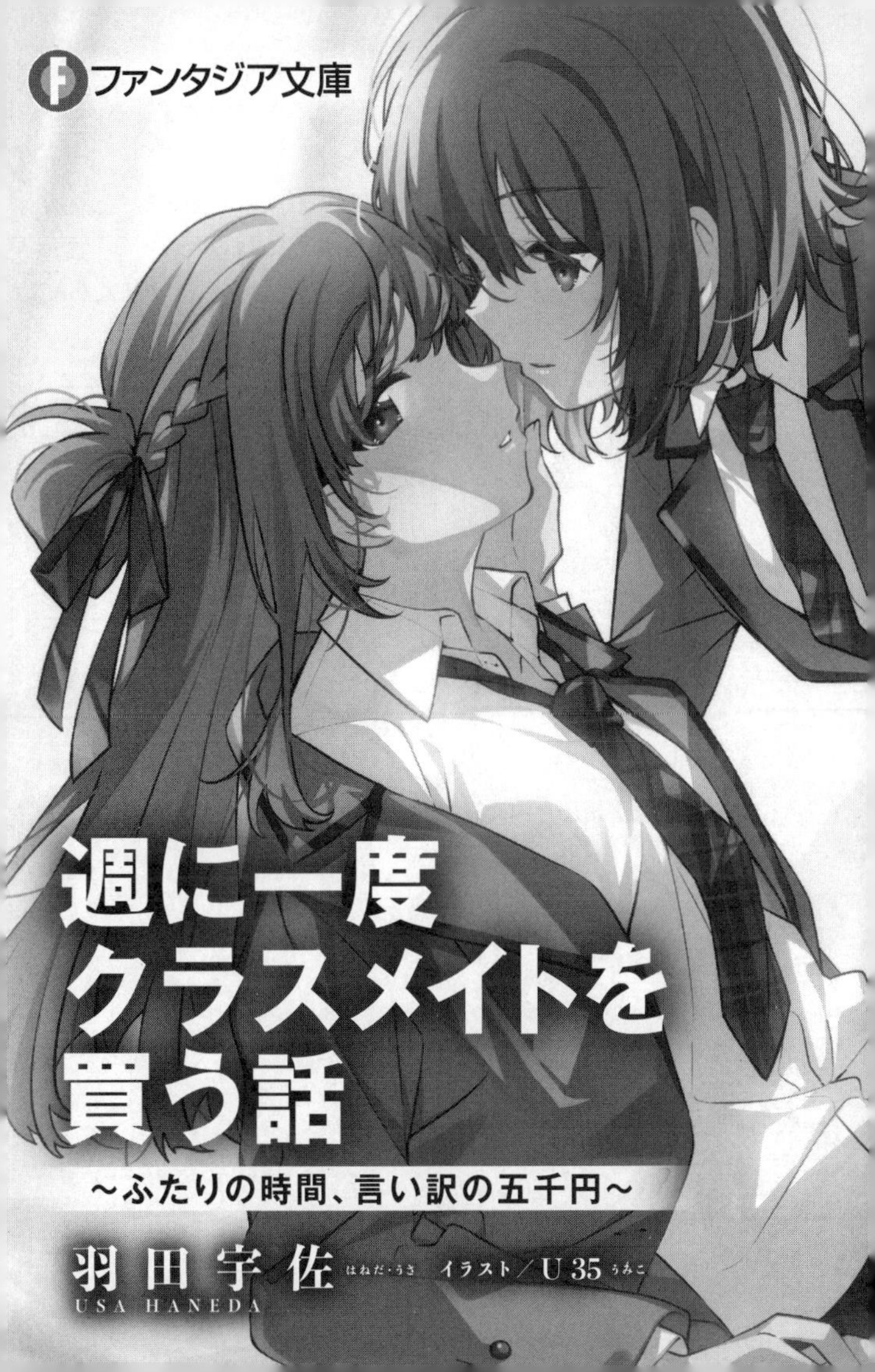

週に一度クラスメイトを買う話

～ふたりの時間、言い訳の五千円～

羽田宇佐《はねだ・うさ》 イラスト／U35《うみこ》

USA HANEDA